# CE N'ÉTAIT PAS LA FIN DU MONDE

Dans la collection **EMPREINTE**
dirigée par Marie-Pierre Bay

Julian Barnes, *Avant moi*
Shûsaku Endô, *Douleurs exquises*
Adelaida Garcia Morales, *La logique du vampire*
Isaac B. Singer, *Le petit monde de la rue Krochmalna*
Yasushi Inoué, *Shirobamba*
Jerome Charyn, *Un bon flic*
Clive Collins, *Le mariage de Sachiko*
Penelope Lively, *Le cerceau des jours*
Chiyo Uno, *Confession amoureuse*
Nino Ricci, *Les yeux bleus et le serpent*
Shûsaku Endô, *Silence*
Elisabeth Russell Taylor, *Demain*
Jiri Weil, *Vivre avec une étoile*
Soledad Puertolas, *Reste la nuit*

A paraître :

Virginia Woolf, *Une chambre à soi*
Julian Barnes, *Love, etc.*

REBECCA STOWE

# Ce n'était pas la fin du monde

Denoël

*roman traduit de l'anglais*
*par Anne Rabinovitch*

Titre original :
NOT THE END OF THE WORLD
(Peter Owen Londres 1991)


73-75, rue Pascal, 75013 Paris
ISBN 2.207.23982.9
B 23982.2

Personne n'a-t-il dit que ces yeux doux
Et insolents avaient besoin d'éducation ?
Ne t'a-t-on pas décrit le désespoir
Des mites qu'on brûle ?
Je t'en aurais prévenue, mais tu es jeune,
Et notre langue n'est pas la même.

Oh, tu prendras tout ce qu'on t'offre,
Et rêveras que le monde entier est ton ami,
Tu souffriras comme ta mère a souffert,
Et à la fin, tu seras brisée toi aussi.
Mais je suis vieux et tu es jeune.
Et je parle une langue barbare.

W.B. Yeats, « Two Years Later ».

# *1.*

« Un homme », répondis-je lorsque miss Nolan me demanda ce que je voudrais être quand je serais grande.

Les Joueuses de Bridge eurent un petit rire nerveux, comme une bande d'oiseaux grassouillets.

« Elle est folle », dit grand-mère avec un claquement de langue, elle était curieuse de savoir si l'une des dames avait jamais vu une petite chose aussi maussade. « Elle prétend devenir la première femme gouverneur du Michigan », ricana-t-elle en étalant les cartes de ses doigts rougis. « Vous imaginez ? A-t-on déjà entendu pareille bêtise ? »

Les Joueuses de Bridge pouffèrent encore, miss Nolan me lança un coup d'œil par-dessus les cartes, le bout blanc de son nez en caoutchouc dépassant les touffes de pensées, et fit remarquer que dans ce cas je ne serais jamais la première femme gouverneur du Michigan.

« Vous n'avez pas demandé ce que j'*allais devenir*. Mais ce que je *voulais être*. »

Maman sursauta, grand-mère prit un air furieux, mais miss Nolan se contenta de rire. « Je pense que tu es peut-être trop honnête pour faire de la politique, Maggie », dit-elle, abaissant ses cartes ; son nez apparut sous son jour le plus grotesque. « Tu devrais apprendre un peu de diplomatie. »

Je rougis et penchai la tête, irritée d'être incapable de la regarder en face et de fixer cet objet répugnant collé sur sa figure. Grand-mère prenait toujours miss Nolan comme exemple. « Voilà ce qui va t'arriver », menaçait-elle en me pourchassant à travers toute la maison avec un tube d'écran total qu'elle agitait dans ma direction : « Très bien, mademoiselle la maligne », disait-elle, « ne viens pas pleurer chez moi quand on devra t'enlever le nez. »

Mrs Tucker ricana. « Envie de zizi », déclara-t-elle d'un air entendu, et les Joueuses de Bridge hurlèrent comme des corbeaux.

« Est-ce que je peux m'en aller maintenant, s'il vous plaît ? », demandai-je, j'étais sûre de mourir sur-le-champ si je restais ici une seconde de plus, à supporter poliment les injures de grand-mère et les remarques insidieuses de Mrs Tucker.

« Où vas-tu donc, mademoiselle Je-ne-tiens-pas-en-place ? »

C'était maman. Quand grand-mère se trouvait là, je ne parvenais pas à les distinguer, elles ne cessaient de m'insulter et de m'affubler de noms stupides, si stupides que même mes amis ne les utilisaient pas. Mademoiselle-Je-ne-tiens-pas-en-place ! J'avais quoi, trois ans ?

« A la plage », répondis-je. Mrs Tucker me

suggéra d'appeler Cindy, qui, d'après elle, n'avait rien à faire après sa leçon de guitare. Ou peut-être que si. Peut-être avait-elle un cours de danse. Ou une séance de ski nautique avec Rick Keller. Elle ne savait plus. Pourquoi n'avais-je aucune activité de plein air ? Cela forme le caractère. Cindy *n'arrêtait pas* !

Je haussai les épaules et observai que je souhaitais être seule. Elles éclatèrent de rire, grand-mère s'éventa avec ses cartes, en poussant force soupirs.

« Elle se prend pour Greta Garbo », s'écria-t-elle. « A-t-on jamais entendu une chose pareille ? Une gosse de douze ans qui *veut être seule* ? »

Elles rirent de plus belle et maman les informa que j'avais un devoir de vacances à préparer.

« Vraiment ? » remarqua miss Nolan. « Eh bien, Maggie, j'ignorais que tu étais une élève aussi consciencieuse.

– Je ne le suis pas. Il s'agit d'une punition.

– Oh », dit miss Nolan, rougissant tout autour de son nez en caoutchouc. « Je suis désolée ! »

Pas autant que moi, pensai-je, espérant être congédiée par ma mère pour pouvoir courir me cacher sur la plage. Je me sentais comme une condamnée, contrainte d'attendre que mes bourreaux achèvent une rapide partie de cartes pour me traîner, dos à la table de pique-nique et m'abattre.

Elles allumèrent leurs cigarettes, disposant les cartes comme si je n'avais pas été là, comme si je n'avais pas demandé à partir, j'étais une vapeur invisible à laquelle elles ne prêtaient attention que lorsqu'elles cherchaient un sujet de moquerie. Grand-mère fixait d'un air mécontent maman qui étalait son jeu, comme si elle faisait exprès de ne pas disposer les bonnes cartes. Elle hurlerait après le départ des Joueuses de Bridge, avant le retour de papa, elle lui reprocherait de ne pas avoir fait un appel correct, de lui avoir donné les mauvaises annonces.

« Je peux m'en aller maintenant ? » demandai-je encore, maman acquiesça, l'expression morne, tandis que les dames souriaient, hypocrites, et posaient leurs cartes sur la table en fumant. « Allons, Goob », criai-je, elle a bondi de dessous le canapé et nous nous sommes enfuies par la porte. « Je les déteste, je les déteste », lui ai-je dit. Je les haïssais, je les méprisais, je leur souhaitais de marcher sur des clous rouillés et d'attraper le tétanos. Elles méritaient bien cela.

Voilà, c'était presque la fin du monde, et elles se contentaient de fumer des cigarettes, de boire des martinis, et de jouer au bridge quand le monde pouvait éclater d'un moment à l'autre en un million de morceaux. Les gens construisaient des abris, stockaient des boîtes de fruits et choisissaient ceux qui les accompagneraient dans leurs petites grottes douillettes, les survivants de l'explosion atomique, créateurs d'un monde nouveau, et ces stupides femmes ne pensaient qu'à vous former le caractère avec des cours de danse. Caractère, mon œil. Quelle différence cela faisait-il si vous étiez mort ? Et de toute façon, qu'est-ce que cela changeait ? On passait son enfance à se forger un caractère, et dès l'âge adulte on le jetait par la porte de derrière avec le marc de café.

Eh bien, elles ne tarderaient pas à déchanter.

Bientôt le bout de leur nez ne serait pas le seul à brûler, et elles cuiraient de la tête aux pieds. Elles grésilleraient comme des hot dogs sur le feu, leur chair éclaterait de toutes parts et se ratatinerait.

« J'aimerais que nous déménagions dans l'Oregon », dis-je à Goober tandis que nous rampions sous les buissons, pour vérifier si des Ennemis prenaient le soleil sur le sable. L'Oregon était le seul État susceptible d'échapper au désastre, mais mes parents refusaient de bouger. Ils pensaient que j'étais folle.

« Margaret, où es-tu allée pêcher ces idées ? » gémissait maman quand je me présentais à la table pour dîner avec une liste d'objets de première nécessité à posséder en cas d'explosion atomique. « A l'école », répondais-je et elle se demandait pourquoi, dans ce cas, aucun des autres enfants n'en faisait une pareille histoire. Je haussais les épaules et regardais Donald pour obtenir son soutien mais il était trop occupé à finir son repas avant de filer se cacher dans sa chambre avec ses stupides revues pour se soucier de la fin du monde. Je détestais ces magazines, avec leurs femmes nues qui souriaient à l'appareil photo et laissaient pendre leurs nénés en public, c'était dégoûtant et j'aurais préféré ne jamais les trouver sous le matelas de mon frère.

Donald et moi nous avions été les meilleurs amis du monde jusqu'à l'adolescence. Nous restions solidaires pour les affaires « de famille », mais en dehors de la maison il feignait de ne plus me connaître. « Hein, Donald ? » disais-je en lui donnant un coup de pied sous la table, mais il se contentait de grogner. Ruthie commençait à protester et à pleurer, persuadée que lorsque la bombe tomberait, maman et papa nous emmèneraient Donald et moi, la laissant frire dans son coin. « Vous allez m'*abandonner* », sanglotait-elle. « Les Russes vont m'attraper ! » J'agrippais son petit bras dodu et lui demandais de la fermer. « Les Russes ne s'intéressent pas à *toi* », disais-je, et elle avait une vraie crise de larmes. « Personne ne m'aime ! gémissait-elle. Personne ne veut de moi ! » Elle agitait les bras et disparaissait dans son petit monde d'oiseaux en poussant des cris perçants et picorait son assiette avec le bout de son nez. « Regarde ce que tu as fait », s'indignait maman, poussant le plat vers moi. « Tu l'as mise dans cet état-là. » « *Moi* ? », hurlais-je. « Pourquoi toujours moi ? Ce n'est pas *moi* qui pose des missiles à Cuba ! » Alors papa réclamait le calme. Il tapait du poing sur la table, me fixait et déclarait que c'était assez. Il m'appelait « Jeune fille », et cela suffisait à me mettre en boule. « Je t'*interdis* de dire ça ! » Je m'enfuyais de table, traversais la cuisine et montais au premier. Je m'enfermais dans la salle de bains, attendant la fin de l'alerte, espérant que quelqu'un viendrait me dire que tout allait bien, que je pouvais sortir à présent, ce n'était pas la fin du monde.

Mais cela n'arrivait jamais.

## *2.*

Seule Mrs Prittle, l'espionne du quartier, se trouvait sur la plage, assise sur sa chaise longue à rayures rouges et blanches comme un vautour de cuir, prête à bondir sur tous ceux qui s'aventuraient en bas des marches, et à chasser les intrus qui n'avaient rien à faire à Edison Beach.

Je ne voulais pas qu'elle me voie, sinon je devrais la saluer et me montrer polie, ce qui était la troisième chose que je détestais le plus au monde. Mrs Prittle posait trop de questions – elle n'arrêtait pas de fouiller dans votre vie, et même si elle essayait simplement d'être gentille, de faire la conversation, cela me rendait folle parce que je finissais toujours par lui dire des choses que je ne voulais pas lui confier, tellement elle insistait. Elle n'avait pas de mauvaise intention, j'imagine, mais j'étais horriblement mal à l'aise.

Elle n'avait pas d'enfants à elle, juste un chien poilu et hargneux avec un nom chinois, Ping-Pong ou quelque chose dans ce genre. Quand les Rouges de Chine menacèrent de s'emparer du monde, elle raconta à tout le monde que le chien était en réalité *japonais*, comme si elle craignait que les gens ne le prennent pour un espion.

La seule manière de l'éviter était de ramper dans les broussailles jusqu'à la haie des Keller, puis de glisser dans le sable, et franchir discrètement la plage des Wilson pour rejoindre celle des Sisk. C'était ma cachette secrète, isolée par deux hauts murs de béton qui pénétraient dans l'eau, arrêtant les promeneurs. Les Sisk n'y venaient jamais, ils préféraient s'asseoir sur leur joli belvédère blanc, au sommet d'un petit promontoire, séparés de la baie par une rangée d'arbustes à feuilles persistantes. Ainsi ils pouvaient observer les bateaux à vapeur qui passaient sans remplir de sable leurs chaussures.

Les Sisk étaient des gens très gentils, et je ne pense pas que ma présence sur leur plage les eût dérangés outre mesure, mais papa aurait été scandalisé. « C'est une propriété *privée* ! » se serait-il écrié. « Cette plage appartient aux Sisk ! Tu as la tienne, tu n'as pas à t'introduire chez les autres ! » Papa était un partisan acharné de la propriété privée. Il s'énervait rarement, mais ce sujet le rendait comme fou. Oublié, le Pater Noster ; il ne pardonnait *jamais* à ceux qui l'offensaient et avait même placé un panneau *DÉFENSE D'ENTRER* sur la porte de son bureau, où personne n'avait envie d'aller de toute manière, c'était juste une petite pièce sombre avec une vieille table où il prétendait « travailler », alors qu'en réalité il jouait avec les soldats de plomb enfermés à clé dans le meuble derrière son fauteuil. Dieu seul sait ce qu'il m'aurait fait s'il avait découvert que je m'y glissais en secret – sans doute m'aurait-il plongée dans de l'huile bouillante ou attachée à un poteau devant la maison avec sur mon front l'inscription COUPABLE DE VIOLATION DE PROPRIÉTÉ, tracée avec mon propre sang, tout cela parce qu'il voulait cacher à tout le monde qu'il jouait avec des soldats de plomb. Belle affaire. Le papa de Tom Ditwell possédait une série de poupées, il disait qu'il les gardait au cas où il aurait une fille mais personne ne croyait à cette histoire. « C'est un genre de pédé ? » demandait Donald à maman qui rougissait et assurait que non, Harry Ditwell était un *homme à part entière*. Je lui demandai un jour comment elle le savait, elle rougit de plus belle et répondit qu'elle était bien placée pour l'affirmer, après tout, ils avaient suivi le même cours de danse.

La maison des Sisk était la plus jolie au bord du lac – une longue demeure de pierre peinte en bleu pâle, comme le lac au petit matin, à l'heure où le soleil se levait sur le Canada. Je me demandais s'ils avaient choisi cette teinte à dessein, s'ils s'étaient assis dans leur belvédère tous les jours en compagnie du peintre, pour saisir la nuance exacte. Ils avaient des piliers blancs en fer forgé et des volubilis grimpants sur le balcon qui prolongeait la maison. Dans un angle se dressait un énorme télescope, pointé vers le Canada. Parfois, la nuit, je me glissais sur leur plage, je me cachais derrière les arbustes pour observer Mr Sisk qui regardait les étoiles. A l'intérieur, j'apercevais Mrs Sisk, en train de faire une patience en écoutant de la musique classique sur sa chaîne hi-fi, la scène paraissait infiniment tendre. Un moment si paisible et tranquille que je rêvais d'être leur fille. Je m'imaginais debout sur le balcon, l'œil collé au télescope tandis que Mr Sisk m'apprendrait à trouver Orion et à découvrir les anneaux de Saturne. Mes parents ne savaient rien, en tout cas ils ne voulaient rien partager. Chaque fois que je posais une question du genre : « Comment font les avions pour rester en l'air en étant aussi lourds ? » ils riaient et disaient : « Tu es en *sixième* et tu ne sais pas *cela* ? » et je me sentais si humiliée que je m'enfuyais à la plage avec Goober et ne trouvais jamais la réponse. Mr Sisk ne rirait pas de mes questions, j'en étais sûre.

Depuis le Problème à l'école, je passais de plus en plus de temps cachée chez les Sisk. J'avais une véritable sensation de sécurité, non seulement sur la plage, mais aussi dans leur merveilleuse cour de derrière. On se serait cru au royaume des fées : elle occupait la surface de deux pâtés de maison, avec une quantité de sentiers tapissés de gravier et des statues de poissons et de cupidons qui crachaient des jets d'eau, exactement comme dans le jardin d'un lord anglais. Il y avait toutes sortes de petites constructions : une cabane en bois, un kiosque à l'architecture baroque, et une chapelle avec la statue de la Vierge Marie. Je trouvais dommage qu'ils n'aient pas d'enfants et que personne ne profite de leur parc, parfois Goober et moi venions regarder par les fenêtres des maisonnettes, mais je n'entrais que dans la chapelle.

Il y avait là une chaise de velours poussiéreuse, sur laquelle je m'asseyais pour confesser mes péchés à la statue, ignorant que cela ne servirait à rien, puisque j'étais seulement épiscopalienne. « *Haute* épiscopalienne », disait mère, ce qui me remplissait de pitié pour les fidèles de St Matthews.

Depuis le Problème à l'école, je n'allais plus du tout à l'église. J'étais trop méchante. D'après grand-mère, j'étais possédée par le diable, et si nous ne parvenions pas à le chasser avant mon treizième anniversaire, mon âme, ou ce qu'il en restait, serait perdue pour toujours. Une fois que le démon s'était emparé de vous, affirmait-elle, il ne vous lâchait plus ; il se blottissait dans votre cœur tel un ver solitaire et le transformait en une pourriture noirâtre. Cela me semblait bizarre, mais elle expliquait qu'il avait déjà dévoré les bonnes parties de mon cœur, aller à l'église ne me serait donc d'aucun secours, c'était trop tard.

Je pense que Dieu ne m'aimait pas beaucoup. Il me punissait sans arrêt. Je devais être très mauvaise au fond de moi-même, en un lieu visible seulement de Lui, de ma mère et de ma grand-mère, parce que j'étais constamment grondée, même quand je ne faisais rien de mal. J'avais l'impression d'être punie pour une faute commise dix ans plus tôt, ou que je commettrais dans l'avenir, rendant Dieu si furieux que du haut de ses nuages il m'attraperait par les cheveux, me secouerait comme un prunier et me laisserait tomber sur le sol de la véranda. Il n'y avait rien à faire – j'étais punie quand je me conduisais mal et même, quelquefois, quand j'essayais simplement de me comporter comme un être humain. De bonnes choses m'arrivaient quand même de temps en temps. Avant le Problème, on m'avait choisie comme reporter à l'école pour le

*Herald Ledger*, je devais me rendre dans leurs bureaux deux fois par mois et taper mes articles sur une grosse machine à écrire très bruyante. Mais quand ces événements heureux se produisaient, ils n'avaient aucun rapport avec moi. Ce n'était pas une récompense, mais plutôt un cadeau, un acte de grâce, dû à l'humeur clémente de Dieu et non à mes mérites.

Cela expliquait peut-être pourquoi mes parents n'insistaient jamais pour que je les accompagne à l'église le dimanche. Donald participait à l'office, Ruthie chantait dans le chœur des enfants et maman servait la messe. Papa n'y allait que lorsque c'était son tour de faire la quête – il aimait récolter de l'argent. Quelquefois, quand je les regardais s'habiller, j'avais l'impression d'être tenue à l'écart, mais je me sentais trop terrifiée pour venir avec eux. J'étais persuadée que le révérend Phillips me désignerait du doigt et hurlerait « Le démon est parmi nous ! » ; tout le monde se retournerait, et les gens se jetteraient sur moi pour me battre à mort avec leurs missels.

Tous ces discours sur le diable m'effrayaient, aussi je ne cessais d'aller dans la chapelle des Sisk pour obtenir une réponse de leur statue. « Pourquoi voudrait-il de moi ? » lui demandais-je, elle se contentait de me regarder avec douceur comme si tout cela n'avait aucune importance, quelle idée d'en faire une pareille montagne ! « J'aimerais bien savoir ce que vous penseriez à ma place ! » m'écriais-je, ce qui était une réflexion stupide, une sainte ignorait tout des démons. Cela me rendait folle – si le diable avait mon âme, ne devrait-il pas signer une sorte de pacte avec moi, m'offrir quelque chose en échange ? N'était-il pas censé satisfaire mon avidité terrestre afin de s'emparer de ma vilaine petite âme lorsque je mourrais ? Il ne pouvait pas se contenter de choisir au hasard des âmes d'enfants sans que ceux-ci aient leur mot à dire. Je n'aimais pas l'idée d'être possédée, mais j'étais prête à négocier un pacte avec le diable s'il proposait de me transformer en garçon.

Je détestais être une fille. C'était ce que je haïssais le plus au monde. « Tu ferais mieux de t'y habituer », disait toujours maman, riant comme si c'était drôle. Quand j'étais petite, et que je faisais mes prières le soir, je finissais ainsi : « Dieu bénisse maman, papa, Donald, Ruthie et tous les autres dans le vaste monde y compris Goober, et faites que je sois un garçon en me réveillant. » Maintenant je disais simplement « Faites qu'il n'y ait pas de guerre », parce que c'était trop tard, j'avais déjà des règles et mes seins poussaient, de vrais seins et pas des petites boules comme mes camarades, je devais porter un vrai soutien-gorge. Voilà ce que j'avais gagné, sans doute, à vouloir devenir ce que je n'étais pas.

Ginger Moore pensait que je devrais subir une opération pour changer de sexe. « Tu pourrais peut-être récupérer le vieux truc de Christine Jorgensen, le type qui est devenu une femme », disait-elle, et nous nous demandions ce qui avait pu lui arriver : le conservait-il-elle dans un flacon de formol, comme ces fœtus de cochon au carnaval ? Le gardait-elle dans un écrin de velours sur le manteau de sa cheminée ? L'avait-elle congelé pour le cas où elle changerait d'avis et le voudrait à nouveau ? Ou bien l'avait-elle jeté comme un mauvais souvenir ?

« Je ne veux pas de *truc* », répondis-je à Ginger, « je refuse d'être une femme, c'est tout. »

Elle ne saisissait pas. Si je ne voulais pas être une femme, alors il fallait bien que je sois un homme, et pour cela j'avais besoin d'un truc. Sinon, qu'est-ce que je voulais donc ?

« Je ne sais pas », m'écriais-je, et elle protestait que j'étais folle.

# *3.*

Ils pensaient tous que j'étais folle. Parfois je finissais par me demander si je ne l'étais pas, mais en soi c'était plutôt bon signe parce que les vrais fous ne savent pas qu'ils le sont, ils se prennent simplement pour Napoléon...

« C'est un miracle que tu aies encore des amies », disait maman au temps où j'en avais. « Tu dois te métamorphoser en une autre personne quand tu sors de cette maison. Jekyll et Maggie. »

En réalité, j'étais six personnes différentes, mais je n'allais pas lui confier une chose *pareille*. Ils me croyaient déjà cinglée et cherchaient une excuse pour se débarrasser de moi. Si je leur racontais que je me composais de six parties distinctes, plus une qui ne m'appartenait pas vraiment, ils m'expédieraient à Lapeer, l'hôpital psychiatrique, avant que j'aie dit ouf.

Ce n'était pas de la folie – *les six visages de Maggie* ou quelque chose dans ce genre – je ne disparaissais pas pour me retrouver en train de danser toute nue sur un billard de l'arrière-salle chez Lyon's ou ailleurs. J'étais parfaitement consciente de l'existence de ces parties et je savais à quel moment elles s'emparaient de moi : je n'y pouvais strictement rien. Je tressaillais en disant : « Oh-oh... » et j'attendais que le chaos règne.

Je les gardais dans les tiroirs d'une commode imaginaire. C'était un beau meuble verni avec deux grandes portes ornées de fleurs bleues et or. Derrière se trouvaient six tiroirs, où habitaient mes différentes personnalités quand elles n'étaient pas en ma compagnie.

Maggie était moi, mon vrai moi, celui que seule ma meilleure amie avait la chance de connaître. Je ne possédais pas de tiroir en propre, parce que j'étais toujours présente, aussi je suppose que la commode me représentait.

Katrina était cette partie de moi qui se croyait adoptée. C'était une petite fille, et dans mon enfance elle courait raconter à tous les voisins du quartier qu'elle avait été abandonnée sur le seuil des Pittsfield et que sa véritable mère était une prostituée hollandaise. « Vous ne voulez pas de moi ? » demandais-je à tous nos voisins sans enfants, et maman faisait une crise. « Une prostituée hollandaise ! » gémissait-elle, se précipitant au premier pour sortir mon certificat de naissance du coffre-fort, au cas où quelqu'un s'aviserait de le demander. « Où vas-tu chercher ces choses ? »

Je l'ignorais. J'accusais constamment mes parents de regretter ma venue au monde. « Vous ne m'avez pas voulue ! » hurlais-je en faisant le tour de la maison, poursuivie par maman qui me tendait une cuillère en bois pleine de fondant à lécher, répétant : « Si ! Si ! Nous avons essayé *très fort* de t'avoir ! » « Ouais », criait Katrina du haut de l'escalier, « et alors quand vous m'avez eue vous avez demandé à être remboursés ! »

Trixie était le nom que je donnais au moi espiègle, joueur, plein de vie et de bêtise. Trixie chantait *I'm Gonna Wash That Man Right Outta My Hair* au concours amateur de l'école McKinley, elle allait dans les fêtes vêtue d'un pagne, et était capable de n'importe quel coup d'éclat. C'était la plus populaire, elle pouvait imiter tout le monde et faisait rire papa jusqu'aux larmes quand elle paradait dans le séjour en prenant les mimiques de grand-mère. Trixie ne sortait plus beaucoup, depuis le Problème à l'école. C'était difficile d'être populaire quand tout le monde vous détestait.

La plus mauvaise était Margaret. Brutale, cruelle, elle tapait sur la tête de ses amis avec une bouteille de coca si elle n'obtenait pas ce qu'elle voulait ; elle complotait, rapportait des ragots et disait des horreurs sur les gens. Elle avait l'esprit mal tourné et voulait toujours jouer à des jeux cochons. Elle avait aussi des crises, pas épileptiques mais émotionnelles. Elle me faisait toujours passer pour folle. Quand Margaret arrivait, personne n'avait le droit d'entrer, pas même moi – je regardais en spectatrice, horrifiée, tandis qu'elle s'excitait et attaquait tous ceux qui l'approchaient. « Ne me *touche* pas », grognait-elle, et je savais qu'elle arrivait. « Ne me *touche* pas ! » crachait-elle, reculant avec un sifflement de serpent. « Ne t'avise pas de me toucher ! »

Et puis il y avait Sarah. Quelle geignarde c'était. Bou hou hou. Elle était la plus douce aussi, celle que maman préférait, mais je la détestais. Elle était faible et mielleuse et toujours gentille, une sorte de Melanie Hamilton de douze ans. Vous savez, l'autre personnage dans *Autant en emporte le vent*. Il fallait éviter la faiblesse à tout prix, et quand je me sentais tout près de Sarah, je courais jusqu'à la plage plus vite qu'un hors-bord sur le lac. Je fonçais vers le mur des Sisk que j'escaladais et je la laissais pousser sa plainte stupide.

C'était une bonne fille, généreuse et aimante. Elle n'était guère exposée au monde réel, mais j'aimais inventer des histoires sur son compte, des contes de solitude et de nostalgie, avec des fins tristes parce que personne ne venait à son secours et qu'elle n'avait pas la force de se sauver elle-même. Elle était toujours abandonnée sur un bloc de glace au milieu du lac, ou prise au piège dans les bois avec le Pervers, et personne ne savait ce qui lui arrivait parce que personne ne s'en souciait vraiment.

Je n'avais qu'une partie masculine, qui s'appelait Cotton Mather, comme le fameux puritain, un type vertueux et rigide. Cotton Mather était responsable de la morale. Comme je n'en avais aucune, il me conseillait toujours de m'attacher à une chaise et de me jeter dans le lac pour voir si j'étais une sorcière. « Que ta conscience soit ton guide », disait la chanson, et c'est formidable s'il s'agit de Jiminy Cricket, mais beaucoup moins intéressant si un puritain en colère décide de graver SG, pour Sale Gosse sur votre poitrine.

Cotton Mather affirmait que tout ce qui arrivait était de ma faute et que si j'avais été gentille, ces malheurs m'auraient été épargnés. « Tu les mérites », répétait-il toujours. Une fois, Cindy avait organisé une fête hawaiienne sur la plage, nous étions tous assis autour du feu en train de chanter *Michael Row the Boat Ashore* pendant que Cindy essayait de jouer sur sa stupide guitare, et Cotton Mather a déclaré : « Rends service au monde et jette-toi dedans. » C'était vraiment un em...

Dans le tiroir du haut, se trouvait Peggy. Ce n'était pas réellement une partie de moi, mais juste cette petite fille qui se cachait dans ma commode secrète. Elle ne sortait jamais, elle se contentait de me regarder du fond de son tiroir, et je ne connaissais que ses yeux. Je ne savais pas à qui elle appartenait. C'était la fille de quelqu'un d'autre, on l'avait mise dehors et elle avait atterri dans mon tiroir. Quelquefois, quand je me réfugiais sous les combles, j'imaginais la commode, j'ouvrais ses portes et je voyais ses yeux écarquillés qui me fixaient. Elle était terrifiée, mais je ne l'ennuyais pas. Je la laissais se cacher là, je supposais qu'un jour elle viendrait me dire qui elle était.

Margaret la détestait. Elle détestait tout le monde, mais particulièrement Peggy. Chaque fois que ses yeux glissaient un regard au-dehors, Margaret arrivait en grondant comme un char. « Quelle petite nature ! » s'exclamait-elle dégoûtée. « Quel est *son* problème ? »

Je pense que petite fille, elle avait été torturée, et qu'elle s'était enfuie et réfugiée dans mon tiroir. « C'est du chiqué », commentait Margaret. « Il faut des *années* de tortures pour transformer quelqu'un en une paire d'yeux effarouchés. » Elle se trompait. Il suffit d'une fois. Une fois suffit pour les adultes – quand Mrs Greenwell a été attaquée dans le parking d'Eastland et a fini dans un asile, personne n'a dit : « Quel est *son* problème ? Elle n'a été violée qu'*une fois* ! » « C'est différent pour les enfants », insistait Margaret, « ils ne se souviennent pas. » Oh que si, Peggy se souvenait. Et j'avais pitié d'elle, qui devait habiter la vie de quelqu'un d'autre.

C'était une tension, de côtoyer toutes ces personnalités distinctes, dont chacune voulait dominer les autres. Bien sûr elles ne s'entendaient pas entre elles et dès que l'une prenait le pouvoir, les autres se mettaient à pousser des cris aigus et à faire un scandale, sauf Sarah qui se tordait les mains en pleurant. Je n'avais moi, Maggie, pas un moment de tranquillité où je pouvais leur échapper, sauf quand j'étais à la plage ou dans la chapelle des Sisk. Quoi que je fasse je rendais l'une d'elles malheureuse et je devais supporter ses jérémiades.

Je parlais de Margaret et de Cotton Mather à miss Dickerson, la psychologue de l'école que je devais voir depuis le Problème, mais je ne mentionnais pas les autres. Elle trouvait tout cela très intéressant – ses yeux brillaient comme si elle pensait, j'en tiens une en chair et en os ! Mais je lui assurais que je n'étais aucune de ces filles à personnalité dissociée. Je n'allais pas me présenter à la table du petit déjeuner et dire : « Salut ! Je suis Cotton Mather. Vous avez du porridge pour moi ? »

Quand je le lui expliquai, elle hocha la tête en disant : « Hum hum », et prit quelques notes dans son cahier. « Quand avez-vous rencontré Cotton Mather pour la première fois ? » demanda-t-elle en s'efforçant de prendre un ton indifférent, mais je savais qu'elle avait une seule idée en tête, courir hors de la pièce pour tout enregistrer.

« Je ne l'ai pas *rencontré*, dis-je. Il a toujours été là. J'ai simplement commencé à l'*appeler* "Cotton Mather" quand j'ai lu l'histoire de ce puritain, il ressemblait beaucoup à cette partie de moi qui ronchonnait sans arrêt et disait : "Mauvaise, mauvaise, mauvaise, si tu n'étais pas aussi mauvaise, rien de mal ne t'arriverait."

– Il vous est arrivé du mal ? » m'interrogea-t-elle, mais je ne me laissai pas entraîner.

« Il n'est pas bon d'avoir des problèmes », proposai-je, et elle y réfléchit un instant. Je détestais quand elle se taisait, immobile comme une pierre, essayant de provoquer une réaction chez moi, m'infligeant le traitement du Silence, pour m'obliger à réclamer son attention. Je résistais, plutôt mourir que de rompre ce silence, j'étais prête à laisser mes voix intérieures me mettre en pièces pour ne pas céder.

« Vous croyez que ce qui s'est passé avec Mr Howard vous est seulement *arrivé à vous* ? » demanda-t-elle finalement et je regrettai de ne pas être une *sorcière* pour la métamorphoser en un escargot visqueux et la jeter par la fenêtre, dans la plate-bande où Mr Peabody l'écraserait avec sa bêche en désherbant le jardin.

Je savais ce qu'elle cherchait. Elle voulait que

j'admette que tout était de ma faute, que j'étais *responsable* de la situation. Que j'avais tout inventé et que le danger n'avait jamais existé, j'étais une méchante fille qui essayait de détruire la carrière d'un homme bien, je ressemblais à ces horribles menteuses dans l'émission *The Children's Hour*, qui accusent leurs professeurs d'être pédérastes. Elle voulait que j'avoue qu'il ne m'avait rien *fait*, pour le disculper et mettre en garde les autres enseignants à mon sujet. Elle irait à une réunion pédagogique et se dresserait sur l'estrade : « Attention à cette cinglée de Maggie Pittsfield. Elle est mauvaise et elle veut vous détruire tous ! » Ils cherchaient toujours ce genre de détail, et je décidais que miss Dickerson feignait d'être gentille pour m'extorquer des confidences. Quand je lui accorderais ma confiance elle se précipiterait au-dehors en hurlant : « Menteuse ! Perverse ! Enfermez-la ! »

Mais elle ne disait rien. Elle restait là à m'observer avec son visage calme aux yeux humides, et je décidai que je la haïssais. Elle et sa prétendue sympathie. C'était son métier de me faire parler, et si la douceur ne servait à rien, ils enverraient une grosse Russe qui m'aveuglerait avec ses projecteurs, me traiterait à l'électricité et m'injecterait le sérum de vérité. « Avoue », hurlerait-elle, me tapant sur la tête avec son instrument. « Tu as tout inventé ! »

« Que s'est-il passé avec Mr Howard ? » demanda miss Dickerson avec douceur, et j'eus envie de crier. Je ne savais pas quoi faire. Je ne voulais plus mentir ; le mensonge en soi était insignifiant et puisqu'ils n'avaient pas jugé bon de découper Mr Howard en un million de morceaux et de le donner en pâture aux mouettes, il était muté. Mais je ne pouvais pas dire la vérité, elle était bien pire que le mensonge. Dire qu'il m'avait poussée n'était rien. Les professeurs poussaient, frappaient et giflaient les gosses tous les jours. Tom Ditwell avait des bosses comme des dunes de sable sur les mains à force de recevoir des coups de règle. Bien sûr, la plupart dataient de son séjour à l'école catholique, peut-être cela expliquait-il pourquoi ses parents l'en avaient retiré pour le mettre dans le secteur public où il était en principe illégal de battre les élèves. Mais la loi n'empêchait personne de fesser un enfant récalcitrant, et aucun ne protestait, imaginant qu'il méritait sa correction, pourquoi aller se plaindre chez lui pour être de nouveau battu quand ses parents sauraient toute l'histoire ?

Miss Dickerson attendait patiemment, cela me rendait folle. A sa place, j'aurais secoué la fille en face de moi en criant : « Réponds-moi, sale môme ! sale môme ! » Cela me mettait mal à l'aise, de rester là à me taire, j'avais envie de courir autour de la pièce, de vider l'armoire de première urgence de son matériel, de jeter les pansements contre les murs et d'écraser les flacons d'aspirine sur le sol. Cela faisait sans doute partie du jeu – si elle arrivait à m'énerver suffisamment avec son silence, je finirais par dire quelque chose et tous les mots que je prononcerais, même les plus anodins, seraient utilisés contre moi.

Je redoutais ce qu'ils feraient si miss Dickerson déclarait que j'étais folle. M'enfermeraient-ils dans l'asile de fous avec toutes ces femmes à longs cheveux qui hurlaient dans leur camisole de force ?

J'avais vu *La fosse aux serpents*, je savais à quoi ressemblaient ces endroits-là. Je ne cessais de penser à la scène où Olivia de Havilland essaie d'échapper à quelqu'un et se retrouve enfermée avec les vrais fous furieux qui s'accrochent à elle, crient et déchirent ses vêtements comme des sorcières, prêts à l'écarteler pour la dévorer vivante. C'était horrible, pire encore que le centre pour délinquants, où les dures de Detroit étaient capables de vous casser la figure et de vous transformer en blouson de cuir, rien de plus.

# *4.*

Tout cela se passait pendant l'année scolaire normale, quand je devais voir miss Dickerson trois fois par semaine. A présent, j'allais aux cours d'été, je ne la voyais qu'une fois par semaine et c'était un soulagement de quitter la classe de Mr Blake une heure le vendredi, même pour laisser une psy fouiller dans mes entrailles.

Je détestais les cours d'été. C'était assommant. Nous devions juste écrire un devoir, celui sur lequel j'étais censée réfléchir. Le *Detroit News* publiait une rubrique sur les héros : ils demandaient à des gens célèbres de parler de leurs héros et Mr Blake pensait que c'était une bonne idée pour nous, puisque nous étions pour la plupart contraints de suivre ces cours à cause de notre mauvaise conduite et de notre bêtise ; peut-être le fait d'avoir un héros, quelqu'un à admirer, nous aiderait-il à évoluer. Je trouvais cela idiot, car si Irma Gibbons, la seule personne réellement stupide que j'eusse jamais rencontrée, écrivait un texte sur Einstein, elle n'en deviendrait pas un génie pour autant. Absurde.

Je n'avais pas de héros. Les célébrités de l'article avaient choisi des présidents, des joueurs de base-ball et des généraux, bien qu'un écrivain eût préféré Spinoza et Confucius. Je pensais que ce serait amusant de prendre quelqu'un dont Mr Blake n'avait jamais entendu parler, de dénicher un Grec dans l'encyclopédie, mais ce genre d'idée me causait toujours des ennuis. Il me fallait un héros normal.

La majorité des garçons prenaient le président Kennedy, tandis qu'Emily Potter, la seule fille à part moi et Irma, préférait Jackie. Mes parents m'auraient tuée si j'avais choisi un démocrate, cela éliminait Eleanor Roosevelt qui me plaisait pour son intelligence, sa curiosité du monde et son franc parler. En plus, elle était laide. Pourtant cela ne l'arrêtait pas, elle ne partait pas se cacher pour que sa vue n'offense personne.

Je voulais choisir une femme, mais aucune ne m'inspirait au point de prendre sa vie comme exemple. La plupart des héroïnes qui me venaient à l'esprit étaient des infirmières, des saintes ou des actrices, que je n'avais pas la moindre envie d'imiter. Je pensai à Margaret Mead, parce que j'aimais l'idée d'étudier des cultures, de voir comment les autres gens vivaient et se comportaient, de découvrir leurs pensées. Je savais que jamais je n'irais vivre sous une tente dans la jungle, même si j'étais très curieuse.

Dans l'article, une seule femme était mentionnée comme héros, il s'agissait de la sœur infirme d'une chanteuse d'opéra, qui se montrait gentille, gaie et courageuse malgré les souffrances qu'elle endurait constamment. Elle ne faisait rien de particulier, elle subissait, simplement. Mr Blake nous dit que c'était un exemple d'héroïsme de l'ombre et nous suggéra de chercher ce type de personnage dans notre propre vie. Quand j'en parlai au dîner, tout le monde me lança des regards d'espoir et je regrettai d'avoir été aussi bavarde. Pendant des semaines, ils ne cessèrent de me rappeler quels martyrs ils étaient, eux.

« Les humbles hériteront de la terre », soupirait maman, mais à mon avis, elle n'y croyait pas plus que moi. C'était juste une phrase qu'on avait mise dans la Bible pour aider les gens à vivre avec leur malheur. Même si c'était vrai, cela ne durerait pas longtemps – les humbles hériteraient de la terre et la première chose qu'ils feraient serait de se venger de tous les gens qui les avaient maltraités.

Peut-être *ce monde* était-il celui dont ils avaient hérité ; peut-être maman avait-elle été la Grande Catherine et grand-mère une paysanne qu'elle avait renversée avec sa troïka, et maintenant grand-mère le lui faisait payer.

Ce n'était pas bien de ma part de rejeter les héros de l'ombre, mais je n'y pouvais rien. Je ne voulais pas d'un héros qui sourit quand ses membres se détachent de son corps. « Oh, ce n'est rien, n'y prêtez pas attention », gémirait-il doucement, puis il se pencherait pour ramasser son orteil. Je voulais un héros grandiose, passionné par le monde, connu de tous, un personnage célébré par des cris et des chants, et non un saint obscur qui boitille dans la vie et serve de modèle aux gens.

Grand-mère avait sans doute raison. J'étais certainement la fille la plus ingrate qui soit. Par sa façon de parler, elle donnait l'impression que je passais mon temps à torturer les gens et à brûler des chats, comme ce salaud de Marvin Peabody. J'étais réellement mauvaise, mais seulement parce que je refusais d'être *assez* gentille. Je désirais être bonne pour des raisons peu valables – afin de ne pas être punie, ou d'être bien notée en éducation civique, et non pour soigner les lépreux, construire des maisons dans la jungle, consacrer ma vie au Christ, et ne jamais dire la vérité de peur de déranger les gens. « Tu n'as pas de cœur », se plaignait maman. « Un iceberg », renchérissait grand-mère, « qui attend l'arrivée du *Titanic.* »

Je voulais un héros qui se moque du qu'en-dira-t-on. Une héroïne qui fasse uniquement ce qu'elle jugeait bon, même si cela semblait égoïste, même si les autres pensaient différemment et si un million de personnes affirmaient que c'était mal ; elle agirait selon sa conscience, sans tenir compte des clameurs. Ensuite, ayant prouvé qu'elle avait raison, mon héroïne aurait le courage de déclarer : *je vous l'avais dit.*

Les héros ne se conduisent jamais ainsi, dans les histoires. Ils sont gracieux, magnanimes, peu leur importe que les gens aient répété pendant vingt ans qu'ils étaient fous, les aient traités comme des moins que rien et se soient moqués d'eux. Je ne pouvais croire que Thomas Edison, qui avait travaillé pour les chemins de fer à North Bay et fait exploser un fourgon à bagages dont il se servait pour ses expériences, ne se fût jamais écrié en riant : « Devinez ce que j'ai montré à ces imbéciles. »

Il n'était pas facile de trouver quelqu'un de cette trempe. Peut-être des centaines de milliers de gens étaient-ils ainsi, mais personne ne l'avait affirmé ouvertement, du moins pas dans l'*Encyclopaedia Britannica*. C'était simple de se montrer aimable une fois que le monde frappait à votre porte et déversait cadeaux, éloges et titres honorifiques, mais que leur était-il arrivé auparavant ? Avant d'être des héros, ils avaient dû supporter les injures, le mépris, la pauvreté et le ridicule, se promener avec leur manteau râpé et laisser grelotter leurs enfants dans des appartements non chauffés, passant pour des cinglés et des bêtes curieuses aux yeux des voisins. Je ne pouvais croire qu'ils n'y avaient pas réfléchi, je le *leur* prouverais ! Sinon, comment auraient-ils résisté ? Comment croire en soi si tout le monde se moque de vous en cachette ?

« C'est ce qui en fait des héros », disait maman, mais quel tas de balivernes. A mon avis, ils ne rendaient service à personne en se montrant aussi héroïques. Comment les gens pouvaient-ils évoluer s'ils avançaient péniblement à travers les siècles, méprisant tous ceux qu'ils ne comprenaient pas, leur infligeant des souffrances, pour être finalement pardonnés comme des enfants de deux ans quand ils saisissaient leur erreur ? Pourquoi les héros devaient-ils toujours se montrer tolérants, contrairement aux idiots qui les tourmentaient ? Ne valait-il pas mieux pour tout le monde que les héros déclarent : « Regardez quels crétins vous faites ! »

et obligent les gens à réfléchir un peu sur eux-mêmes et à reconnaître avec un certain malaise : « Eh bien, je me suis peut-être conduit comme un crétin. J'ai eu tort d'avoir un jugement aussi rapide. »

« Je ne sais pas où tu vas pêcher ces idées », dit maman lorsque je l'informai que je songeais à choisir Jules César comme héros. « Tu ne peux pas prendre quelqu'un d'un peu plus raisonnable ? »

Qui donc, demandai-je. Oh, quelqu'un de plus récent. De plus admirable. « Après tout », déclara-t-elle d'un air entendu, « il avait une liaison ».

Je me sentis tenue de le défendre. « C'était un grand homme d'État. Un grand général. Il a construit des routes jusqu'en Angleterre ! Il a inventé un calendrier. Il a créé un mois qui porte son nom. Il a éliminé la corruption de son gouvernement. Il a pratiquement dirigé le monde !

– Mais quel rapport cela a-t-il avec toi ? » demanda maman. « Tu n'as même pas été capable de rester chez les Brownies*. Et tu veux régir le monde ? »

Je lui répondis que non, et elle voulut savoir, dans ce cas, pourquoi j'avais choisi Jules César. N'étais-je pas censée prendre quelqu'un à qui je souhaitais ressembler ? Je soupirai et dis que je cherchais simplement un personnage héroïque comme sujet de devoir pour ces stupides cours d'été, je n'avais aucune idée et quand Mr Blake m'avait demandé : « Maggie ! Qui est votre héros ? » Jules César avait été le premier nom à me

* Guides entre 7 et 9 ans (*N.d.T.*).

traverser l'esprit. « Il avait des crises. Il était épileptique et pourtant il a réussi à être empereur.

– Tu n'es pas épileptique, Dieu merci, s'écria-t-elle. En quoi cela te concerne-t-il ?

– En rien », répondis-je, et elle dit que sans doute, je l'avais choisi par mépris pour elle, juste parce qu'elle m'avait empêchée de voir « ce film ignoble ».

« Il ne l'est pas », protestai-je, et c'était la vérité. Je l'avais déjà vu, Ginger Moore et moi nous nous étions glissées à l'intérieur de l'Ottawa Theater par la porte de sortie et nous avions assisté à presque toute la séance, je ne comprenais pas ce que le film avait d'aussi épouvantable à part que Liz Taylor portait une toge transparente.

Papa trouvait ça drôle. Il racontait sa visite au Colisée et Ruthie n'arrêtait pas de l'interrompre pour nous dire que son héros était Beep-Beep, l'oiseau mexicain des dessins animés. Donald dit que son héros était Al Kaline et maman voulut savoir pourquoi je ne choisissais pas Amelia Earhart, ce serait bon pour moi.

« Mais elle est morte ! criai-je.

– Jules César aussi, répliqua-t-elle.

– Ouais, mais il n'a pas disparu récemment », dis-je, prise de panique et tendue comme si j'allais éclater en sanglots, je ne pouvais pas faire une chose pareille, je ne voulais pas pleurer devant elle, lui montrer qu'elle m'avait blessée. « Il n'est pas monté dans son avion pour s'écraser au sol et *disparaître* !

– C'est juste », reconnut-elle, plantant des tiges

en plastique aux extrémités de son épi de maïs. « Ses amis l'ont assassiné. »

J'étais furieuse. Elle voulait que je disparaisse. Que je m'envole dans un avion pour ne jamais revenir. Elle pourrait mettre ma photo sur le manteau de la cheminée et la montrer aux Joueuses de Bridge quand elles lui rendraient visite. « C'était Maggie », dirait-elle avec un léger sanglot dans la voix. « Elle est partie vivre sa vie et n'est jamais revenue. »

Je m'en étais toujours douté, mais je ne pensais pas qu'elle était capable de l'avouer aussi ouvertement. Ne m'avait-elle pas conseillé à l'instant de choisir un personnage que j'aurais voulu être ? Il y avait un milliard de possibilités, et ma propre mère me proposait une femme qui tombe au milieu de l'océan et s'évapore pour toujours.

Ruthie se mit à pleurer, persuadée qu'on allait me tuer. « Maggie va être assassinée dans un avion ! » gémit-elle. « Qui va remplacer ma sœur ?

– Regarde ce que tu as fait », me reprocha maman. Je n'en croyais pas mes oreilles.

« Moi ? Tout ce que j'ai dit, c'est que j'avais choisi Jules César comme sujet pour ce stupide devoir que je dois écrire pour ces stupides cours d'été. C'est toi qui as parlé d'Amelia Earhart !

– Et toi, tu as parlé d'accidents d'avion ! »

Donald se mit à rire, Ruthie agita les bras et maman fondit en larmes. « Je ne fais jamais rien correctement ! » renifla-t-elle, jetant son épi de maïs dans l'assiette et faisant gicler le beurre. « Je ne peux jamais rien dire ici ! »

Papa tapa sur la table. « Bon, bon, cessons ces hurlements et mangeons. »

Je n'arrivais pas à croire qu'elle se dévoilât à ce point, et devant papa, en plus. Et pourquoi restait-il là à sourire d'un air idiot, comme s'il ne remarquait rien ? Elle avait toujours voulu ma disparition – depuis l'instant de ma naissance, elle avait souhaité se débarrasser de moi, je ne l'inventais pas, je le savais. Une fois je l'avais entendue parler à Mrs Tucker au téléphone, se plaindre qu'elle ne parvenait pas à me « contrôler », d'une certaine façon, elle l'admettait. Elle racontait que grand-mère venait la voir et lui disait qu'elle était une mauvaise mère et une mauvaise maîtresse de maison. « J'ai voulu lui prouver que je pouvais être une bonne mère », disait maman à Mrs Tucker. « Que je n'étais pas comme elle. » J'eus pitié d'elle en entendant cela et je faillis me précipiter sur ses genoux pour l'embrasser, mais à ce moment sa voix se durcit et elle dit d'un ton méchant : « Cette enfant a été impossible à contrôler depuis le jour où elle est née. C'était presque comme si elle essayait de me faire honte devant maman. »

Je l'appris ainsi. Peut-être avait-elle raison, peut-être eût-il mieux valu pour elle que je disparaisse au fond d'un océan. Mais je ne voulais pas d'Amelia Earhart comme héroïne.

# 5.

Quel gâchis. J'étais donc coincée en classe d'été avec tous les délinquants et les nuls, et je devais rédiger un devoir sur un empereur mort que je n'aimais même pas.

Je regardais le lac, et les bateaux qui glissaient sur l'eau avec leurs voiles gonflées comme des ballons gigantesques, je rêvais de faire la traversée à la nage, de plonger dans le bleu froid et limpide et de nager jusqu'au moment où je ne verrais plus notre plage ni la rive, mais seulement un souvenir de North Bay.

Je serais la première personne à réussir cet exploit – franchir un grand lac à la nage ! Je savais que c'était impossible – je n'étais jamais parvenue à dépasser le deuxième banc de sable – mais j'avais envie de tenter l'expérience. Quelle gloire ce serait ! Je pourrais être ma propre héroïne et tout le monde m'admirerait, mes parents seraient fiers de moi et je serais pardonnée. Ou du moins, rachetée. « Oh ! » diraient-ils en me voyant à la télévision, épuisée mais ravie. « Elle n'était pas folle, mais seulement spéciale. »

« Qu'est-ce qui te fait croire que tu es aussi spéciale ? » demandait sans arrêt grand-mère. « Qui t'a donné ces idées de grandeur ? » « Pour qui te prends-tu ? », m'interrogeait maman, imitant la voix de sa mère. « Tu vas tomber de haut. » Même papa s'en mêlait : « Ne commence pas à t'imaginer que tu es spéciale », prévenait-il, me rappelant que la fête organisée en mon honneur était payée de *sa* poche.

Pourquoi n'étais-je pas censée me croire spéciale ? Je ne saisissais pas. On nous demandait de nous surpasser, c'est-à-dire d'être des enfants hors du commun, mais comment y parvenir sans ambition ? « La bonté sera ta récompense », disait maman ; quel rapport cela avait-il avec la volonté d'être spécial ? Il n'arrivait rien quand on était bon, on devenait invisible, muet, on faisait ce qu'on vous disait, on se fondait dans les autres et je détestais cela. Plus encore que d'être mise à la porte de la classe pour « indiscipline », que les heures que je passais, assise sur le plancher sale de ce couloir sinistre, à compter les poignées de porte et à noircir ma jupe. Je détestais cela encore plus que les reproches, que les trois heures hebdomadaires en compagnie de la psychologue, que les moments où on m'envoyait dans ma chambre. Être gentille signifiait être placide, et quelque chose en moi refusait d'obéir comme un zombi.

« Tu fais cela juste pour être différente », disait maman, mais pourquoi était-ce mal ? Je croyais que nous étions *censés* être spéciaux, et je pressentais que cela ne posait aucun problème tant qu'on l'était à leur manière : il fallait devenir champion en orthographe ou miss Teenage America. Sinon, gare à vous ! On vous traitait de communiste ou d'homo, on vous chassait de la ville comme le pauvre Mr Hilliard, qui avait perdu son emploi dans les services administratifs du comté simplement parce qu'il parlait russe. « Il pourrait être un *espion* », disaient les gens, comme si les Russes se souciaient de savoir qui se mariait à North Bay. Je connaissais Mr Hilliard, c'était un homme très gentil, chaque fois qu'il me voyait sur la plage avec Goober il nous invitait et nous racontait des histoires sur le passé de North Bay. Il habitait la dernière maison de Beach Street, juste avant la propriété du garde-côte, ce qui n'avait pas dû arranger son cas. On le soupçonnait peut-être d'avoir compté le nombre de tours du phare à l'heure, ou repéré un détail stratégique du même genre.

Il était dangereux d'être différent, si cette différence n'était pas approuvée par le monde. Je voulais faire partie de ce monde, non m'y perdre. Je refusais d'être un ingrédient impossible à distinguer dans une pâte à gâteau, mélangé et fondu dans le reste ; je voulais être un raisin sec ou une noix, et garder mon identité en m'intégrant dans l'ensemble. Maman rit quand je lui racontai cela – jamais elle n'avait entendu une histoire aussi bête. Mais en même temps elle parut triste et désemparée, comme si elle comprenait exactement ce que je disais et admettait que le rôle de la levure ne fût pas le plus drôle.

Je me demandais ce qui se passerait si j'essayais

de traverser le lac à la nage. Il me semblait que c'était possible si je tentais l'expérience, si j'allais de l'avant au lieu de faire demi-tour dès que je serais fatiguée. « Ne dépasse pas le second banc de sable si tu es seule », recommandait toujours maman. « Un garçon de Riverside a été fauché par un hors-bord à cet endroit. » Mais je n'avais pas peur. Je connaissais mes limites ; je savais à quel moment revenir, quelle énergie il me fallait pour rejoindre la rive en toute sécurité. Chaque fois que j'essayais, j'approchais de plus en plus du troisième banc de sable – je sentais l'eau se refroidir à mesure que le lac devenait plus profond, puis se réchauffer à l'approche du sable. Je suis tout près, pensais-je, je respirais profondément et plongeais telle une ancre, pour voir si mes mains levées restaient en l'air tandis que mes orteils s'accrochaient aux rochers glissants. L'eau, trop profonde, recouvrait mes mains, et je rebroussais chemin.

« Je me demande si Jules César a eu une enfance malheureuse », dis-je à Goob qui bondit sur mes genoux. Je suppose que oui, cela expliquait ses crises d'épilepsie et le reste. Ses parents avaient dû être hors d'eux chaque fois qu'il s'écroulait sur le sol et se tortillait comme un poisson pris à l'hameçon. « Je me demande vraiment ce que nous allons faire de Jules », gémissait la mère, s'arrachant les cheveux et déchirant sa toge. « Je n'ai aucun *contrôle* sur lui ! » « Je ne sais pas ce qui te prend, jeune homme », disait sans doute le père, « si tu ne te ressaisis pas, nous allons t'envoyer à l'école des gladiateurs. »

J'avais recopié toutes les informations dans l'encyclopédie mais je ne savais qu'en faire. Tout n'était pas héroïque chez Jules, il pratiquait le pillage, en Gaule, il fit couper les mains de tous les habitants d'un village qu'il venait de prendre, pour les empêcher de se soulever contre lui. Je trouvais cela violent, même pour des barbares.

Je jetais un coup d'œil à mon cahier, ne sachant qu'écrire. Cela ne comptait pas réellement, j'étais une délinquante, pas une nulle, et ma note n'avait pas d'importance. Mais tout ce que je faisais devait être parfait, ou Margaret aurait une crise. Elle devenait hystérique si j'obtenais seulement un A-. Elle se ruait dans le couloir et me griffait les bras jusqu'au sang, pour me punir de n'avoir pas eu une meilleure note. « Stupide, stupide, stupide », disait-elle, lacérant ma chair, et Mr Blake appelait mes parents pour leur dire que je n'étais pas normale. « Absurde », disait papa, « elle aime la compétition, c'est tout. C'est une qualité utile en ce monde. Et voyez-le sous cet angle, au moins elle ne griffe personne d'*autre*. »

Je ne pouvais pas me concentrer, c'était cela mon problème. Il me suffisait de décrire les faits mentionnés dans l'encyclopédie, de parler de Jules César et d'expliquer pourquoi je le trouvais aussi admirable, et le tour était joué. Mais chaque fois que j'essayais de penser à Jules César mon esprit vagabondait – je songeais à traverser le lac jusqu'au Canada, à devenir la première femme gouverneur du Michigan, à attraper le Pervers ou à épouser Rocky Colavito, le joueur de baseball. Je cherchais le moyen de me racheter, pour revenir à North Bay sans être détestée. J'aimais rêver à l'avenir, c'était mon unique espoir.

« C'est l'époque la plus heureuse de ta vie », disait maman, et je voulais me jeter du haut du toit. Si c'était aussi formidable que ça, autant en finir tout de suite.

« Le suicide est égoïste », protesta-t-elle quand je menaçai de me pendre au ventilateur de la véranda. « As-tu songé à ceux qui restent ?

– Et alors ? » répondis-je. « Peut-être que s'ils avaient été un peu plus attentifs, la personne n'aurait jamais eu l'idée de se tuer. »

Maman dit que j'étais méchante, de vouloir que les gens souffrent toute leur vie et se demandent jour après jour ce qu'ils auraient dû faire, alors que la personne était morte et ne se souciait plus de rien.

« Voilà », répondis-je. « C'est bien de cela que nous parlons *en ce moment*.

– Eh bien, je n'ai pas envie de poursuivre cette conversation », s'exclama-t-elle. « C'est morbide. Tu ne peux pas trouver une occupation positive ? »

Elle se détourna et se dirigea vers le séjour, pour suivre le match de baseball à la radio. J'aurais pu l'accompagner, écouter Rocky Colavito marquer un point au Tiger Stadium. Mais c'était impossible. Je ne voulais pas ramper devant elle, la supplier de me prêter attention, aussi je restai dans la véranda à regarder le ventilateur, j'imaginai combien j'aurais l'air stupide, accrochée à l'une des ailettes, la nuque brisée, tournoyant au-dessus de la table du dîner pendant que le reste de la famille mangeait des hamburgers grillés et de la salade de pommes de terre, la première de la saison. « Quel dommage que Maggie ne soit pas là », dirait maman, regardant mon assiette vide. « Elle *adore* la salade de pommes de terre. » Je continuerais de tourbillonner, les pieds pendants, ils ne s'en apercevraient pas avant que maman demande : « Qu'est-ce que c'est que ce bruit ? » alors ils lèveraient les yeux pour me découvrir, accrochée en l'air comme un carillon. « Hah ! Maggie s'est une fois de plus pendue au ventilateur ! » dirait grand-mère. « Elle le fait juste pour être *différente* ! »

Dans notre famille, il existait trois raisons de faire des choses : il le fallait, on voulait attirer l'attention, ou bien on était égoïste et on ne pensait jamais aux autres. Chaque action devait être pesée et mesurée, et toutes les conséquences envisagées. Par exemple, si je me pendais au ventilateur, je devais penser à leur peine, au sentiment de culpabilité qui les poursuivrait toute leur vie, à la mauvaise réputation de la famille, à Donald et Ruthie qui en souffriraient certainement, car qui voudrait avoir à faire avec des gens dont la sœur s'était étranglée avec un ventilateur ? Personne ne les épouserait, à cause du risque de mauvais gènes, et ce serait de ma faute parce que j'étais trop égoïste pour penser à eux, je ne me souciais que de ma malheureuse petite vie et à la manière de l'achever. Grand-mère dirait que tout était de la faute de maman et elle passerait le reste de son existence à la tourmenter. Et si par un coup du sort je ne mourais pas, je garderais une vilaine trace de corde au cou et je devrais porter des écharpes tout le temps, ou une minerve en caoutchouc blanc, je passerais le reste de ma vie à jouer au bridge avec Cindy, Ginger Moore et Karen

Harmon et quand je partirais elles diraient avec un soupir, « Quel dommage, Maggie aurait été une épouse et une mère si merveilleuse, mais qui voudrait d'elle avec un cou pareil ? »

Si nous avions été japonais, je n'aurais pas eu à me soucier de tout cela, je me serais simplement plongé un couteau dans le cœur et personne n'aurait rien dit, sauf peut-être : « C'est triste mais c'était la seule chose à faire après avoir déshonoré sa famille. »

J'avais essayé de me tuer après le Problème à l'école. Un jour j'étais restée à la maison et j'avais avalé tous les cachets de l'armoire à pharmacie : l'aspirine pour adulte et pour enfant, les comprimés de maman contre les crampes, les anti-allergiques et même une boîte entière de laxatifs. Dans ma chambre, allongée sur mon lit, prête à mourir, j'avais pris ma Bible sous mon oreiller et commencé à lire le Livre des révélations, pour découvrir où j'allais. A peine avais-je ouvert le livre que mes oreilles se mirent à vibrer tout d'un coup, comme si un sonneur de gong romain s'agitait furieusement dans ma tête. Je crus que mon crâne allait exploser, j'avais l'impression que dix mille abeilles y avaient formé un essaim et bourdonnaient follement tandis que le Romain s'excitait comme un malade sur son gong. Je me couvris la tête de mon oreiller, mais le bruit s'amplifia encore. Puis mon estomac commença à me brûler et je dus vomir. Je ne le voulais pas, je savais que si je rendais ce que j'avais ingurgité, je vivrais, mais je ne pouvais pas me retenir, ces cachets remontaient, je n'avais pas le choix. J'essayai de me lever mais la tête me tournait, aussi je roulai en bas de mon lit et rampai dans le couloir, jusqu'à la salle de bains. J'y restai un temps qui me parut durer des semaines, et ne sortis que lorsque Donald rentra de l'école et martela la porte avec ses poings, criant à maman de m'obliger à ouvrir.

Elle finit par venir, et quand elle vit à quel point j'étais malade, elle se sentit coupable d'avoir pensé que j'avais encore joué la comédie. Personne ne savait que j'avais tenté de me tuer, et même s'ils s'en doutaient, ils n'en firent pas mention. Un soir j'entendis papa se diriger vers l'armoire à pharmacie et hurler : « Où sont mes laxatifs ? » et maman répondit qu'il n'y en avait plus, comme c'était étrange, tout manquait en même temps, elle ne comprenait pas pourquoi mais elle était désolée.

Je n'en parlai à personne et ne le confierais certainement pas à miss Dickerson, qui s'empresserait de sortir une camisole de force du placard de l'infirmerie et de m'expédier à Lapeer. « Le suicide est un appel au secours », avais-je lu dans l'une des revues de maman, mais c'était faux. Au moins pour moi. Je ne voulais aucune aide, je voulais recommencer, avoir la chance de faire les choses correctement. « Tout ce que j'entreprends est mal », gémissait toujours maman et je savais ce qu'elle voulait dire, même si le fait en cause était parfaitement insignifiant, comme de servir le poulet avec des brocoli à la place de haricots. J'aurais dit : « Quelle malchance, Clarabell, si tu veux des haricots, va les faire cuire toi-même. » Mais ce n'étaient que des *mots*. A l'intérieur de moi-même j'aurais piqué une crise. Margaret me griffant comme une folle, Sarah fondant en larmes, Cotton

Mather me chuchotant que j'allais droit en enfer, Katrina déjà en train de patiner sur les canaux d'Amsterdam, et Trixie de chanter : « Haricots, haricots, le légume musical/Plus on en mange, plus on pète. » Je me serais trouvée au milieu d'elles toutes, prêtes à hurler, me disant : Tout ce que je fais est mal.

Ce que je faisais mal était bien pire que de servir des brocoli à la place de haricots. Je n'avais que douze ans, il me restait soixante ou peut-être même soixante-dix années à vivre, durant lesquelles rien de bon ne pourrait m'arriver parce que j'avais déjà rempli mon cœur de taches noires et que le bien ne parviendrait plus à y pénétrer. Si on commence à bâtir une maison et qu'on découvre que les fondations sont pourries, on la démolit pour la reconstruire. Mon âme était pourrie, je pensais donc que je devrais être capable de me tuer et de tout reprendre de zéro. Cela me semblait parfaitement logique et je ne voyais pas pourquoi le suicide était un si grand péché.

Mais je n'avais même pas réussi à me suicider convenablement. Simplement, je m'étais rendue si malade que je n'avais pas pu sortir de la maison pendant trois jours. Je feignis d'être vraiment morte, ces trois journées passées en compagnie de grand-mère étaient le purgatoire, le dernier matin je me réveillerais sous la forme d'un ange, planant au-dessus du lit où reposait mon corps, avant de m'envoler au ciel pour attendre ma nouvelle vie.

Je n'eus pas cette chance. Grand-mère faisait irruption dans la pièce et restait sur le seuil, les mains sur les hanches me regardant fixement : « Tu n'as rien que quelques coups de ceinturon ne pourraient soigner », alors le gong recommençait à sonner et je souffrais si fort que je savais que j'étais en vie.

# 6.

C'était sans espoir. Je ne pouvais pas me concentrer sur Jules César. Je supposais que cela n'avait pas d'importance, je ferais mon devoir la veille du jour de sa remise. Je travaillais mieux sous pression ; « Maggie dernière minute », m'appelait maman, m'avertissant que la vie ne serait pas toujours aussi facile.

« Allons, Goob », dis-je, emballant mes affaires pour prendre le chemin de la maison ; j'espérais que les Joueuses de Bridge auraient fini de déjeuner et seraient retournées dans le salon pour faire la manche suivante.

Je fus déçue. Elles se trouvaient encore dans la salle à manger, assises autour de la table, grignotant leur salade de crevettes et buvant des Bloody Marys dans les coupes en cristal de l'arrière-grand-mère MacPherson. « Un jour elles t'appartiendront », m'avait dit maman, je feignais d'être enchantée parce que je savais que c'était un grand honneur à ses yeux. L'arrière-grand-mère Mac-

Pherson les lui avait données directement, sans tenir compte de grand-mère qu'elle détestait et rendait responsable de la mort de son fils. Grand-mère aurait voulu les coupes à cause de la qualité de leur cristal et chaque fois que maman les sortait, elle se fâchait. Je la trouvais hystérique.

Mrs Tucker parlait d'envoyer Cindy dans une pension chic, j'entendis maman soupirer et dire qu'elle espérait que papa lui permettrait d'en faire autant avec moi. « Cela serait excellent pour elle », observa-t-elle, et grand-mère éclata de rire.

« Oui, répondit-elle, ce serait une bonne idée d'éloigner Maggie. Plus loin ce sera, mieux cela vaudra. »

Elle renifla et rit encore, je m'assis sur le perron, les écoutant à travers la moustiquaire, je les haïssais et souhaitais que la Bombe leur tombât dessus en ce moment précis, et fît gicler leur cervelle comme des grains de popcorn sur une poêle.

« Allons, Kay », dit miss Nolan à grand-mère. « Ne plaisantez pas ainsi. Maggie est une fille bien.

– Pfft ! répondit grand-mère. Elle est gâtée. Pourrie avec un P majuscule et il est trop tard pour y changer quoi que ce soit. »

Je ne voulais pas en entendre plus ; grand-mère reprocherait à maman de m'avoir gâtée et celle-ci murmurerait faiblement qu'elle avait tout essayé. Je détestais grand-mère, mais je devais faire attention à ce que je disais à son sujet. « Quoi, ta grand-mère est une personne *merveilleuse* », s'exclamait maman quand je me plaignais d'elle. « Tout le monde l'*adore* ! » « Mais tu la détestes », disais-je, et maman sursautait, posant la main sur son cou comme pour s'étrangler elle-même si elle se permettait la moindre réponse. Elle me regardait comme si j'avais été une mutante prête à la dévorer, et je voulais mourir, effacer mes paroles mais c'était trop tard, j'avais commis un impair et le monde allait s'effondrer. « Stupide ! Stupide ! Stupide ! » criait Margaret. « *Maintenant* c'est fait ! » « Je regrette, maman, disais-je, je ne le pensais pas », mais elle n'entendait plus, elle s'était envolée dans une autre planète et ne reviendrait pas avant des jours et des jours.

Je ne supportais pas ces moments où elle s'absentait, elle avait la même apparence, parlait de la même façon et faisait tout ce qu'une mère doit faire, mais elle était ailleurs. Par ma faute. Je l'avais transformée, avec ma phrase malheureuse.

Je contournai furtivement la maison, espérant que la porte de la chambre de Donald serait ouverte. Tandis que je passais par-derrière je levai les yeux vers la fenêtre de ma chambre et Cotton Mather me dit : « Tu es une ingrate. Tu as ta chambre à toi et tu n'es pas encore contente. Ta grand-mère a raison, tu es gâtée pourrie. »

Je ne le pensais pas, mais les faits parlaient contre moi. Mon père était le roi des bonbons à North Bay. Robert « Sweet est mon second prénom » Pittsfield. C'était aussi le mien. « Tout sauf gentille* », disait grand-mère.

J'avais tout ce qu'une fille pouvait souhaiter : des vêtements, des livres, des jouets, des jeux et une jolie maison sur la plage. Et même, une marque de

* Jeu de mots sur *sweet*, qui signifie « une douceur », mais aussi « gentil » (*N.d.T.*).

bonbons à mon nom... combien de filles peuvent en dire autant ? J'imaginais que c'était cela, être gâtée : tout avoir, mais se sentir vide à l'intérieur, en vouloir plus mais ne jamais l'obtenir. « Pauvre petite fille riche, pauvre petite fille riche », chantait Margaret de sa vilaine voix nasillarde.

« Ce n'est pas vrai ! » protestai-je. Je détestais cette idée ; j'aurais préféré être morte plutôt que de me transformer en une petite chose fragile et gémissante, en larmes dans son palais tandis que ses parents s'envolaient pour l'Orient en mission diplomatique, l'abandonnant entre les mains d'une méchante tante.

Bien sûr, nous n'étions pas vraiment riches, pas comme les Sisk. Nous avions une jolie maison dans une jolie rue dans un joli quartier, nous avions de beaux meubles, de belles voitures et des beaux trucs partout, et papa avait la fabrique de bonbons, mais il n'était pas Mr Mars.

« De quoi te plains-tu ? » demandait Cotton Mather. « Tu as une vie si *facile*. » C'était vrai. Je songeais aux immigrants qui venaient à North Bay cueillir des concombres pour l'usine de cornichons et vivaient dans ces horribles cabanes, et je me détestais pour mon ingratitude. Ils avaient une vie épouvantable et même les enfants devaient travailler, ils traînaient des cageots dans les champs pour les remplir de concombres. Comment osais-je me lamenter sur mon sort quand je pensais à eux ?

La porte de Donald était ouverte et je me glissai à l'intérieur, prenant garde de ne rien toucher. Il posait des pièges partout, pour voir si les gens l'espionnaient – des morceaux de papier disposés d'une certaine façon dans un tiroir et ses couvertures bordées avec soin, ce qui lui permettait de voir si quelqu'un avait fouillé sous le matelas et trouvé ses stupides revues porno.

J'allai dans la cuisine, faisant signe à Goober de rester tranquille. Elle était incroyablement intelligente ; non seulement elle comprenait tout ce que je lui disais, mais elle devinait aussi ce que j'éprouvais, et elle sautait sur mes genoux pour me lécher la figure quand j'étais triste, juste pour me montrer qu'elle, au moins, elle m'aimait.

Les Joueuses de Bridge jacassaient si fort que je crus qu'elles ne me remarqueraient pas. Elles parlaient toutes à la fois, et personne n'écoutait personne. Je me demandai si elles s'en rendaient compte, mais cela ne semblait pas les déranger – elles avaient l'air de danser les unes autour des autres, sans choisir de partenaire. Miss Nolan parlait de golf, Mrs Tucker voulait mettre la main sur la maison Bicker, maintenant que le vieux propriétaire était mort, Helen ne garderait sûrement pas ce mausolée pour elle toute seule, et grand-mère se plaignait de la difficulté de trouver des fruits de mer convenables à North Bay. « Par contre à St Pete... », disait-elle. Si elle aimait tant St Pete, pourquoi n'y restait-elle pas toute l'année au lieu de venir nous embêter l'été ?

« Pourquoi ne reste-t-elle pas là-bas ? » demandais-je à papa quand arrivait le mois de juin et que maman, transformée en robot, courait partout et vidait les affaires de Ruthie pour donner sa chambre à grand-mère. « Pourquoi faut-il qu'elle vive chez nous ? »

Papa secouait la tête et répondait que ce n'était pas gentil de ma part d'en vouloir à grand-mère, elle avait le droit, à son âge, d'être dans sa famille. Maman était sa seule fille et nous, ses seuls petits-enfants.

« Mais elle nous *déteste* ! protestais-je. Moi en particulier ! »

Papa affirmait que non, je me trompais, grand-mère était vieille et n'aimait plus grand-chose.

« Elle m'insulte tout le temps ! me plaignais-je. Elle me répète sans arrêt que je suis affreuse.

– Nous sommes unis par le sang », disait papa, et alors ?

« Pourquoi maman ne va-t-elle pas là-bas ? », demandais-je, papa prenait un air sévère et avant qu'il eût ouvert la bouche, j'avais déjà honte de moi. Peut-être grand-mère avait-elle raison, une fille prête à expédier sa propre mère en Floride de gaieté de cœur était sûrement mauvaise. « Et emmène Ruthie avec toi », aurais-je volontiers ajouté, mais papa m'aurait détestée pour cela.

« Je regrette », dis-je avant qu'il ait eu le temps de se fâcher. « Je ne le pensais pas. »

Il m'attira près du bras de son grand fauteuil en velours et m'ébouriffa les cheveux de cette manière condescendante que je détestais. « Je sais que c'est vrai, Boo, dit-il, mais tu dois réfléchir avant de parler. Tu as peiné ta mère. »

Ouais, ouais, ouais. Je *la* blessais, je blessais aussi Ruthie, je ne savais rien faire d'autre. Une fille comme moi avait quelque chose d'horrible, de cruel et de mauvais.

« Je suis désolée, criai-je, désespérée. J'essaie.

Vraiment, j'essaie, mais quelquefois je ne peux pas m'en empêcher. Je suis comme folle !

– Je sais, Boo, mais tu es forte et tu dois être patiente avec ceux qui ne le sont pas.

– Grand-mère est forte, dis-je. Elle ne se préoccupe pas des sentiments des autres. »

Papa soupira. Les adultes soupiraient toujours de cette façon quand on soulignait une évidence et avec toute leur logique, ils ne savaient rien dire d'autre. Il sourit d'un air las et répondit : « Tu dois faire un effort, Boo.

– Je n'en ai pas envie ! » criai-je, m'arrachant à son étreinte. « Et arrête de m'appeler *Boo* ! Mon nom est *Maggie* ! »

Il se contenta de rire, il me trouvait toujours « mignonne » quand j'étais furieuse. « Pourquoi es-tu tellement en colère ? » demandait toujours maman, mais je ne le savais pas plus qu'elle. Quelle raison avais-je de me mettre en colère ? Aucune. Tout était parfait. Nous étions la famille américaine idéale, avec deux voitures, un chien et deux enfants et demi, Ruthie comptait pour moitié, puisqu'elle était en partie oiseau.

Quelquefois je pensais qu'il y avait eu une erreur, qu'à un moment donné Dieu avait échangé mon âme avec celle d'une gosse du ghetto, noire, une méchante gosse qui jetait des cailloux sur les piétons de la fenêtre cassée de son taudis sans chauffage, dans un quartier misérable de Detroit. Un être mauvais, mais qui du moins avait une *raison* pour cela. Un être qui avait besoin de cette colère pour survivre et trouver le moyen de quitter son bidonville. Et l'âme qui appartenait à l'enfant avec laquelle mes parents étaient censés vivre dans leur jolie maison sur le lac était emprisonnée dans le corps d'une pauvre fillette douce et aimante, cible des moqueries de tous parce qu'elle était si bonne et patiente, prête à se sacrifier et pas du tout aigrie à force de prendre des bains froids, de chasser les rats de son lit et de manquer l'école pour s'occuper de sept frères et sœurs hurlants.

« ...eh bien, les crevettes de St Pete », disait grand-mère, et miss Nolan leva les yeux et me vit entrer furtivement dans la cuisine, aussi je dus m'avancer pour les saluer.

« Bonjour », dis-je, et elles hochèrent la tête tout en mangeant et bavardant, sans s'interrompre une seconde.

« Il y a des crevettes dans le frigo », dit maman avec une gaieté forcée. « Sers-toi.

– Merci », répondis-je, puis je retournai dans la cuisine.

« Elles sont très bonnes », cria-t-elle. « Si je puis me permettre. »

Elle attendit la confirmation bruyante des Joueuses de Bridge, mais celles-ci continuèrent de mâcher, de hocher la tête et de se servir comme une bande de marionnettes criardes, maman me lança un regard et sourit tristement.

Cela me donna envie de hurler, de leur fourrer la figure dans leur assiette, de leur frotter le nez avec des crevettes jusqu'à ce qu'elles avouent, « Oui ! Oui, c'est bon ! » J'aurais voulu sauter sur la table pour les obliger à faire attention à moi. Mais je savais que c'était inutile. « Maggie, descends, dirait maman. Tu mets du sable sur les *petits fours* ! » Au lieu de quoi, je répondis que c'était sûrement délicieux. « Tu fais la meilleure salade de crevettes au monde ! » criai-je, prenant le saladier dans le réfrigérateur pour remplir une assiette, et pourtant je détestais tout assaisonnement à la mayonnaise, même sur les crevettes. Je goûtai tandis que maman me regardait avec espoir.

« C'est merveilleux ! m'exclamai-je. C'est génial !

– Merci, chérie », dit-elle avec un sourire joyeux, puis elle tourna son attention vers les Joueuses de Bridge tandis que je tendais l'assiette à Goober, qui aurait porté aux nues la salade de crevettes de maman, si seulement elle avait pu parler.

# 7.

« Tu n'as pas la permission d'aller dans les bois derrière la maison des Moore », disait toujours maman mais je me rendais précisément dans cette direction.

Là-bas quelqu'un « faisait des choses » aux petites filles. « Quelles choses ? » demandais-je, mais elle ne répondait pas. On avait trouvé des « preuves » dans la forêt – des petites culottes, des lambeaux de vêtements, des « preuves » mystérieuses dont elle ne voulait pas me parler et que j'étais censée ignorer. « Quelles choses ? » demandais-je encore et encore, elle prenait un air sombre, secouait la tête et disait : « Tu es trop jeune pour les connaître. » « Quelles choses ? Quelles choses ? » suppliais-je, mais elle restait silencieuse comme une tombe.

Il fallait que je trouve la réponse. Ginger Moore et moi nous construisions un fort pour y guetter le Pervers. Nous passions des heures à parcourir les bois à la recherche de « choses ». Les boîtes de soupe devenaient des calices pour les sacrifices d'animaux à minuit, les battes de baseball cassées étaient les armes qui servaient à assommer les victimes d'enlèvement, les restes de feu de camp, les décors de sabbats de sorcières. Nous nous cachions des heures sous les buissons, attendant que « quelqu'un » passe avec sa victime hurlante, espérant la connaître pour la sauver et devenir des héroïnes.

Mais personne ne venait jamais. Les histoires continuaient, les victimes étaient toujours des petites filles de Riverside, et j'en concluais qu'il n'arrivait des événements désagréables qu'à moi et aux enfants de Riverside, le quartier de North Bay le plus semblable à un bidonville. Il se produisait toujours des catastrophes dans leur vie : ils plongeaient du pont sur le canal et restaient paralysés jusqu'à leur fin de leurs jours. Ils patinaient sur le lac et la glace cédait sous eux, au printemps suivant on retrouvait leurs cadavres gonflés comme des baleines, sur une plage de Harsen's Island. N'approchez pas du marais, nous disait-on, cette boue est aussi dangereuse que les sables mouvants, l'année dernière un garçon de Riverside s'est enlisé et a disparu pour toujours. Je me demandais pourquoi ces enfants-là avaient autant de malchance ; n'était-ce pas suffisant d'être pauvres ? Pourquoi fallait-il qu'ils lancent des bombes à eau sur les voitures et se fassent écraser quand le véhicule perdait le contrôle ? Donald et ses amis jetaient des *œufs* aux automobilistes et n'étaient jamais estropiés.

Ginger Moore était la seule amie qui me restait. C'était un miracle qu'elle me fût encore fidèle, surtout après ce qui s'était passé l'hiver précédent, quand Cindy et sa bande l'avaient attaquée, mais elle me gardait son affection et je lui en étais reconnaissante. Voici ce qui s'était produit : avant Noël, nous rentrions à l'école par le raccourci qui traversait le marais derrière la maison des Donaldson. Je savais que quelque chose se préparait. Pendant la récréation Cindy m'avait donné un coup de coude : « Nous avons une surprise pour Ginger Moore. » Elle s'était mise à ricaner comme un savant fou et j'avais compris qu'il s'agissait d'une surprise désagréable, mais je ne fis rien pour l'empêcher. Je l'aurais pu. Je pouvais dire à Ginger de prendre un autre chemin ; ou demander à ma mère de venir nous chercher ; ou conseiller à Ginger de ne pas partir avec Cindy et son groupe. J'aurais pu le lui éviter mais je ne le fis pas parce que je voulais savoir ce que les autres avaient prévu, ce qu'elles allaient lui faire.

C'était mal. Mal, mal, mal avec un M majuscule, mal de permettre une chose pareille. Je restai là à regarder pendant qu'elles maintenaient Ginger contre un tronc d'arbre.

Cindy tassa une boule de neige et Karen Harmon ouvrit brutalement l'anorak de Ginger. Cindy divisa la masse de neige en deux moitiés qu'elle colla sur la poitrine de Ginger, et Pauline Quinlan planta des cerises au marasquin au milieu. Elles se tordaient toutes de rire, et Cindy se mit à chanter : « Faux nichons ! Faux nichons ! Ginger Moore a des faux nichons ! »

Je restai là à regarder, me haïssant, incapable de protéger Ginger, mais j'avais peur, peur de ce qu'elles me feraient si je la défendais. Jusqu'à ce moment je m'étais crue courageuse et téméraire, mais en assistant à cette scène je me rendis compte à quel point j'étais lâche.

« Arrêtez ! » criai-je, mais c'était fini. Les autres s'enfuirent en poussant des hurlements de rire, et Ginger resta là, le regard vide, l'air perdu, avec ses seins de neige plantés sur son pull comme des décorations d'arbre de Noël.

Je m'approchai et enlevai ces boules grotesques, mais il était trop tard. Ginger me lança un coup d'œil sans rien dire et nous rentrâmes à la maison en silence. Je voulais me mettre à genoux et la supplier de me pardonner. Je voulais pourchasser ces filles, leur dire combien elles avaient été cruelles et les prévenir que je ne voulais plus rien avoir à faire avec elles. Mais je savais que je ne le ferais pas. « Lâche ! » cria Margaret. « Poltronne ! » se moqua Cotton Mather, et ils avaient raison. J'étais une trouillarde, comment avais-je pu rester sans rien faire ? Brusquement je compris que je ne recherchais pas le pardon de Ginger – elle aurait tout oublié dans deux jours – mais le mien, que je ne m'accorderais jamais. J'étais horrible, faible, ignoble, comme ces gens qui ferment les yeux, laissent détruire le monde, puis, quand tout est fini, regardent autour d'eux, incrédules, et s'écrient : « Comment cela a-t-il pu arriver ? Je n'ai rien vu ! »

Cela s'était passé l'année précédente, à présent tout semblait oublié. Ginger s'était depuis longtemps réconciliée avec Cindy et sa bande et à la fête de Cindy ce fut le tour de Karen Harmon d'être attaquée, et Ginger participa, maintenant les bras de Karen pendant que les autres lui arrachaient sa veste de pyjama.

Je ne comprenais pas, bien que ce fût parfaitement clair. Cindy avait été cruelle avec Ginger, Ginger attaquait Karen et Karen reporterait certainement sa rage sur quelqu'un d'autre. Après, quand l'émotion avait été libérée, c'était fini et tout redevenait normal. Pas pour moi. Je ne pouvais pas oublier. Je revoyais toujours l'expression de terreur de Ginger quand Karen lui avait tenu les bras, et que Cindy s'était approchée avec ces seins de neige. Cette brimade n'était pas la pire au monde, mais c'était sans importance. Ce qui comptait, c'était la terreur ressentie par Ginger au moment où on l'avait attaquée, où elle ignorait ce qu'on allait lui faire ; lorsqu'elles s'étaient contentées de lui fourrer ces stupides boules de neige sur la poitrine elle avait dû éprouver du soulagement, et il lui était facile de pardonner parce que le traitement infligé aurait pu être plus terrible encore.

J'étais toujours reconnaissante au fond de moi de n'être pas la victime, mais je savais qu'un jour j'y aurais droit, un jour ce serait mon tour de les voir s'approcher comme des vautours, personne ne viendrait à mon secours, et c'était parfaitement normal. Je subirais, je verrais leurs yeux plissés par la cruauté, et je ferais le silence en moi, je m'envolerais très loin et ensuite elles inventeraient ce qu'elles voudraient avec mon corps.

« Prenons Maggie », diraient-elles. Cela commençait toujours de cette façon. « Prenons Ginger ou Karen ou Pauline. » Il n'était pas nécessaire d'avoir une raison ; il s'agissait habituellement d'un caprice. Il n'existait aucun moyen de s'en protéger parce que cela pouvait être n'importe quoi – j'apparaîtrais à l'école avec une robe que Karen avait convoitée, elle courrait dire à Cindy : « Prenons, Maggie », et elles m'attaqueraient, me traînant dans les bois pour faire des trous dans mes habits, Karen serait satisfaite, libérée, le lendemain elle m'inviterait chez elle pour manger une glace. Et j'irais, parce que cela fonctionnait ainsi. J'accepterais son invitation et je mangerais de la glace comme si de rien n'était. Pas d'excuses, pas d'accusation, pas de discussion, juste une tranche napolitaine avec un verre de lait.

# 8.

Ginger Moore avait pleuré.

« Que se passe-t-il ? » demandai-je mais elle refusa de répondre, elle se contenta de se moucher, descendit les marches de son perron et nous suivit dans les bois Goober et moi.

Ginger pleurait toujours, parce que sa mère était folle. Elle dansait la valse dans le quartier vêtue seulement d'un manteau de vison, « rendait visite » aux gens, s'étalant sur le canapé du séjour, en maintenant la fourrure contre sa poitrine et glissant la main sur le dossier comme un serpent velu. « Je suis nue », disait-elle d'un ton traînant, maman la regardait épouvantée, papa rougissait et je hurlais de rire. Je pensais qu'elle plaisantait, qu'en réalité elle portait quelque chose, peut-être un maillot de bains.

Mrs Moore était la femme la plus blanche sur terre, plus blanche que nature, un peu plus et elle deviendrait invisible. Elle restait toute la journée à la maison, pâle et fragile, jamais elle ne descendait sur la plage pour nous regarder nager. Elle ne jouait pas au bridge avec les autres dames, ne jardinait pas chez elle. Elle sortait seulement le soir, toujours avec son vison, même en plein été.

« Tu es sûre que ça va ? » demandai-je à Ginger et elle hocha la tête en rampant à l'intérieur de notre fort, aussi je la laissai tranquille. Offrir une consolation est une affaire délicate, je savais qu'à certains moments j'en avais besoin mais à d'autres j'aurais tué quiconque cherchait à m'en apporter, aussi je n'insistai pas et sortis ma surprise de dessous les branches.

« Qu'est-ce que c'est ? » demanda Ginger avec étonnement, examinant le petit conteneur en métal.

Je rayonnais. « Je l'ai trouvé derrière chez les Benson ! » lui dis-je, et elle poussa un cri – j'étais allée *seule* dans les bois ! Pourquoi pas ? Je n'avais pas peur du Pervers. S'il m'attrapait, je ferais le vide en moi-même, je couperais le contact et m'enfuirais dans mon repaire, ce qu'il me ferait n'aurait pas d'importance parce que je ne serais plus là. Je fermerais les yeux et deviendrais toute raide, comme un mannequin dans une vitrine. J'ouvrirais les yeux et je serais aveugle ; je regarderais droit devant moi, sans rien voir. Je prendrais mon expression méchante, mon air Vous-ne-m'aurez-pas, et ensuite je m'envolerais. Je regarderais de loin. Je saurais tout ce qui arriverait mais ce ne serait pas réel. Je me fondrais dans le bleu sublime du ciel, du lac, et la petite fille inerte en caoutchouc, avec ses yeux fixes et son expression méchante – elle ne serait pas réelle non plus. Seulement un trompe-l'œil, un pantin, et jamais il ne saurait qu'il ne me faisait pas mal.

Je ne parlais à personne de cette faculté que j'avais de m'échapper. Si des gens le découvraient, ils trouveraient le moyen de m'en priver, de me garder là pour que je sente les choses. Ils me rebrancheraient, boucheraient tous les trous et jamais plus je ne pourrais m'enfuir.

« Tu crois que c'est à lui ? demanda Ginger. Tu crois qu'il s'en est servi pour quoi ? »

Je haussai les épaules. « Maman utilise des boîtes comme ça pour garder les plats au chaud quand elle sert un buffet, dis-je. Je suppose qu'il faisait cuire quelque chose.

– Des orteils ! » s'écria Ginger avec ravissement. « Il préparait des orteils de petite fille !

– L'apéritif préféré des pervers », commentai-je comme dans les publicités à la télé, « un pur délice !

– Des orteils marinés ! hurla Ginger.

– Orteils à la Royale !

– Nouilles aux or-teils ! »

Nous poussions des cris aigus et Ginger dut poser sa main entre ses jambes pour ne pas faire pipi dans sa culotte. Elle riait si fort qu'elle devint toute rose, et à ces moments-là elle était belle, avec son visage en feu et ses yeux brillants de larmes. D'habitude elle était pâle, émaciée, presque aussi blanche que sa mère, et quand ses parents avaient emménagé dans le quartier tout le monde avait dit qu'elle était albinos, avec sa masse de longs cheveux platine et son teint de blanc d'œuf, transparent comme la glace, cette absence de couleur. « Albinos extra-terrestre ! » déclara Tom Ditwell.

Ginger jeta le conteneur sur la pile de Preuves et prit deux sandwiches dans un sac en papier. « Je parie que je sais qui c'est, dit-elle. Je parie que c'est Marvin Peabody. »

Je répondis que je ne le croyais pas. Marvin Peabody était le plus grand salaud du monde et un malade par-dessus le marché, mais sa maladie était visible, tout le monde la connaissait, et ce n'était pas le cas chez les pervers. Le problème avec eux, c'est qu'ils pouvaient être n'importe qui. Quelqu'un qu'on ne soupçonnait jamais, un être charmant en apparence mais vilain et tordu en dedans.

« C'est comme être un loup-garou », dis-je à Ginger. Le Pervers avait sans doute une vie parfaitement normale, il était aimé et respecté, c'était un pilier de la communauté, la plupart du temps il se conduisait comme tout un chacun, il était le père de quelqu'un et puis BOUM ! Il subissait l'effet des rayons de lune et changeait de peau, il ne pouvait plus se contrôler, il entrait en transe et éprouvait ce besoin insatiable de faire des choses terribles aux petites filles, parce qu'elles étaient jeunes et pures et innocentes, il fallait qu'il écrabouille cette innocence, qu'il l'efface et la piétine, comme un hanneton, parce que quand il se trouvait dans cet état, tout ce qui était le bien devenait le mal.

« Tu regardes trop de films d'horreur », dit Ginger. « Je n'ai jamais entendu une chose aussi stupide. Les *gens* ne changent pas de peau comme les mutants.

– Et, continuai-je, ce n'est pas nécessairement un homme », mais elle ne voulut pas m'écouter.

« Aucune femme ne peut être le Pervers, déclara-t-elle, c'est physiquement impossible. »

Elle se trompait. Et ce n'était pas forcément une vieille fille ou une lesbienne. Cela pouvait être une femme normale, une maman, qui se montrait aimante, douce, docile et généreuse, la mère idéale quand on a besoin de se réfugier dans ses bras et de se sentir en sécurité, mais attention, dès que les rayons de lune frappaient, ça bardait !

Je pensais qu'il était temps de nous mettre à la recherche d'empreintes de hauts talons, mais Ginger protesta que j'étais folle.

« Comment le sais-*tu* ? » demanda-t-elle. « Qu'est-ce qui fait de toi une telle experte en Pervers ?

– Je ne sais pas », répondis-je, je me sentais gagnée par un sentiment de panique, par l'impression que je commettais une erreur. Mon cœur se mit à battre comme la queue de Goober sur le tapis, tac, tac, tac, si vite que je crus qu'il allait bondir de ma poitrine pour atterrir sur notre pile de Preuves. J'aurais mieux fait de me taire, c'était mon tour, Dieu ne tarderait pas à me punir. Il me planterait des éclairs pleins d'épines dans la chair pour m'obliger à retirer mes paroles, jusqu'à ce que je hurle : « Je regrette, je regrette, j'ai tout inventé. Je ne sais rien sur les pervers. Bien sûr, aucune femme ne peut être une Perverse, sauf peut-être une criminelle de guerre nazie, mais jamais une femme normale, jamais une mère !

– Si tu prononces un mot de plus sur les dames Perverses, menaça Ginger, je ne jouerai plus jamais au Pervers avec toi. »

Le Pervers était le jeu sexuel auquel nous jouions

quelquefois ; nous nous cachions dans notre fort et retirions tous nos vêtements, Ginger était le Pervers et moi la Victime, elle me forçait à ouvrir les jambes et regardait dedans, puis elle me maintenait, poussait un bâton à l'intérieur et disait des choses comme : « Tu es ma captive », et je flottais vers ce monde où je me mêlais au bleu du ciel. Margaret était furieuse que je joue toujours le rôle de la Victime, et Cotton Mather piquait une crise. « C'est vilain ! C'est sale ! Pécheresse ! » s'écriait-il, parlant à tort et à travers, si horrifié qu'il en perdait la voix. « Enfer et Damnation ! » Trixie aimait bien cela, ce qui m'effrayait et me faisait penser que j'*étais* peut-être folle. Une ou deux fois Peggy apparut, je vis juste ses yeux qui me fixaient, épouvantés, pathétiques, et, terrifiée, je hurlai à Ginger d'arrêter.

« Allons chercher des Preuves », proposa Ginger, nous rampâmes hors du fort et commençâmes à fouiller les environs.

« Tu vas participer au défilé ? » demanda-t-elle et je secouai la tête. Elle aurait dû savoir d'avance ma réponse ; bien sûr que je n'irais pas, j'étais une exclue. La plupart du temps Ginger était assez fine. Elle ne demandait jamais ce qui se passait et ne montrait pas qu'elle me trouvait cinglée, elle ne fronçait pas le nez quand je passais, comme si j'avais eu des poux. Les autres ne le faisaient pas *non plus*, mais à la façon dont ils me regardaient j'avais l'impression qu'ils étaient tentés de se boucher le nez et de dire : « Pouah ! C'est Pittsfield ! »

« Je vais être une squaw sur le char de Cindy »,

déclara Ginger, je faillis en avoir une crise cardiaque.

« QUOI ? hurlai-je. Comment as-tu *pu* ? » Comment pouvait-elle me trahir en rejoignant Cindy et ses squaws, comment pouvait-elle me faire une chose pareille ?

Elle haussa les épaules. « Je veux faire partie du défilé, dit-elle, et Cindy est la seule à me l'avoir proposé. »

Oh, formidable. Juste ce qu'il fallait à North Bay – une squaw albinos.

« Je suis sûre qu'elle te laisserait venir si tu voulais », continua Ginger, et ma bouche s'ouvrit comme un four. Bien sûr qu'elle me permettrait, parce que sinon sa mère la tuerait. « Quoi, ce n'est pas parce que Maggie a des petits ennuis, dirait Mrs Tucker, que tu dois l'éviter. » Mais jamais je ne demanderais à Cindy de m'accepter parmi ses stupides squaws – je me jetterais en bas de la cheminée de la cimenterie plutôt que de la supplier de me laisser monter sur son char.

Je regardai Ginger penchée au-dessus d'une touffe de rhubarbe sauvage. Peut-être s'agissait-il d'une mise en scène. Peut-être était-elle chargée de m'attirer dans le garage de Cindy pour m'y « coincer ». Peut-être mon tour était-il venu et Ginger se vengeait-elle de ce que je n'avais rien fait pour elle quand les autres filles l'avaient attaquée.

« Tu es *paranoïaque* », disait toujours Donald, c'était son mot favori. « Tu es *paranoïaque* », répétait-il quand maman pleurait sur ses brocoli. « Tu es *paranoïaque* », s'écriait-il lorsque Ruthie s'envolait aux Pays des oiseaux. Tout le monde était *paranoïa-*

*que*. Parce que, croyait-il, les Russes s'étaient infiltrés au Canada et envoyaient des ondes de l'autre côté du lac pour nous monter les uns contre les autres et venir ramasser les morceaux après l'empoignade finale.

« Je croyais que tu étais mon amie ! » criai-je, sentant les larmes me venir aux yeux. Ma gorge se contractait et je savais que si je ne partais pas tout de suite j'éclaterais en sanglots, et j'avais pour règle de ne jamais pleurer en public.

« *Je suis ton amie*, insista Ginger, mais je veux être dans le défilé ! » Elle lâcha sa rhubarbe et vint vers moi mais je tendis le bras – N'approche pas, pensai-je, et Goober grogna.

« Enfin, Maggie, dit-elle, ne le prends pas comme ça ! »

C'était trop tard, j'avais déjà de la peine – ma meilleure amie, la *seule* qui me restait au monde, m'abandonnait et me demandait de ne pas le prendre mal, mais comment fallait-il donc le prendre ?

« Je te déteste ! » criai-je, mais j'avais la gorge si serrée pour ne pas sangloter que les mots eurent un son rauque, comme les piaillements de Ruthie.

Il fallait que je parte. Que je m'éloigne de Ginger avant que Sarah ne prenne le relais et ne se torde les mains en se lamentant : « Je regrette ! Je regrette ! Je ne voulais pas m'énerver, ne me laisse pas tomber, excuse-moi, c'est de ma faute ! » dirait-elle, entre autres stupidités.

« Je te déteste ! » criai-je encore de ma voix éraillée, et je m'enfuis dans la forêt, vers la maison des Benson.

# 9.

« Eh bien, c'est fait », dis-je à Goob tandis que nous nous cachions dans les buissons de rhododendron derrière la maison des Benson, « j'ai perdu ma seule amie ».

Goober se tortilla pour venir sur mes genoux, comme pour dire : « Tu m'as toujours. » Pourquoi les gens ne ressemblaient-ils pas plus aux chiens, me demandais-je. Ils vous aimaient quoi qu'il arrive et même si on se fâchait contre eux parce qu'ils s'étaient roulés sur un poisson mort au bord de l'eau et voulaient ensuite vous sauter dessus, même si on les repoussait en disant : « Pouah ! Va-t'en ! » ils allaient se coucher dans un coin et vous regardaient, et dès qu'on se montrait gentil de nouveau ils bondissaient dans tous les sens et manifestaient leur joie comme avant. Pourquoi les gens ne réagissaient-ils pas ainsi ? Ils feignaient toujours de vous pardonner, mais ne le faisaient jamais. Ils gardaient leur rancune et à la première occasion ils sortaient votre dossier de leur fichier pour l'agiter sous votre nez : « Tu es *toujours* méchante et vilaine, tu te souviens de cette fois où tu m'as craché dessus quand nous avions deux ans ? »

J'étais plus furieuse contre moi-même que contre Ginger. « Espèce d'idiote, dit Margaret. A présent *tout le monde* te déteste. » J'étais surtout en colère parce que Ginger et moi devions assister au défilé ensemble, perchées sur le toit de l'immeuble de la banque, où son père avait un cabinet d'avocat. Nous nous serions bien amusées toutes les deux, riant de voir Cindy avec ses squaws, mais ce n'était pas drôle d'y aller seule. Avec qui pourrais-je plaisanter ? En plus, si je me rendais dans le centre sans être accompagnée, tout le monde dirait : « Voici Maggie Pittsfield. Personne ne veut être son amie », et le plus affreux, c'est qu'ils auraient raison.

L'heure avançait, j'avais froid et il était sûrement temps de rentrer, mais je n'en avais pas envie. Je me demandais ce qui arriverait si je passais la nuit ici. Je ne redoutais pas la venue du Pervers, parce que son seul intérêt était de prendre au piège les petites filles, et s'il n'y en avait aucune dans les bois il n'avait pas de raison de se promener la nuit.

J'entendis les mères appeler leurs enfants – Mrs Keller cherchait Casey, la petite sœur de Rick, et Mrs Peterson appelait Kevin. Je les gardais quelquefois, pas toute la nuit mais le soir, quand leurs parents dînaient dehors. Maman n'y comprenait rien. « Ils doivent vraiment *t'aimer* », disait-elle stupéfaite en me tendant un message de Mrs Peterson ou du Dr Keller. Je n'avais pas de difficulté à me faire aimer des enfants ; l'astuce était de ne pas essayer de les contrôler, ni de leur imposer les règles que me transmettaient les parents avec les clés de la maison. Nous devenions des amis, des conspirateurs, dépassant largement l'heure du coucher, nous mangions du popcorn, faisions une dernière partie, ou lisions une histoire de plus que le nombre permis. Quand je levais les yeux vers la pendule, les enfants étaient aussi surpris que moi et se glissaient docilement dans leur lit pendant que je regardais le film d'horreur à la télé ou que j'écrivais mon journal, et tout le monde était parfaitement heureux. Parfois je craignais que les parents ne découvrent le pot aux roses, et ne déclarent que j'avais une mauvaise influence, me bannissant des cercles de baby-sitting, mais je les soupçonnais d'être au courant et de s'en moquer – ils préféraient de loin quitter la maison sans que leurs enfants hurlent, tapent du pied et se cramponnent à leurs vêtements de soirée.

« Casey ! Casey ! » appelait Mrs Keller et je me sentis très triste. Jamais ma mère ne le faisait et je supposais qu'elle se souciait peu de me voir rentrer à la maison, bien qu'elle fît toute une mise en scène quand j'arrivais sur le seuil : « Où *étais-tu* ? J'étais *malade* d'inquiétude ! » peut-être cela la gênait-elle de courir dans le quartier en criant mon nom, elle craignait sans doute de montrer qu'elle m'avait mal éduquée et que je n'étais pas dressée à rentrer à l'heure.

« Allons, Goob », dis-je et nous sortîmes des buissons pour voir si la côte était dégagée. Je détestais passer du côté de chez les Benson. D'abord il fallait espérer que leur monstre de saint-bernard ne se trouvait pas dehors – ce chien attaquait tout ce qui bougeait et avait déjà mordu la moitié des garçons du quartier. Passer devant Hans était un test d'endurance qu'ils s'imposaient mutuellement et dans la forêt d'Edison une cicatrice de morsure avait la valeur d'une médaille. Ensuite il fallait espérer que Clara était à l'intérieur. Clara, la fille des Benson, avait quelque chose d'anormal. Elle avait l'âge de ma mère et ses parents la gardaient enfermée la plupart du temps, ou la laissaient se promener sur la plage avec sa « dame de compagnie », qui paraissait aussi folle qu'elle mais portait un uniforme.

Clara avait des cheveux roux et de grands yeux verts qui ne regardaient rien. Ils sortaient toujours de leurs orbites, comme des oiseaux-mouches, mais ne s'éclairaient pas. Elle était grande et mince, maman disait qu'elle avait été très belle dans sa jeunesse et qu'elle était restée normale durant les années de lycée. « Que lui est-il arrivé ? » demandai-je, mais elle l'ignorait ou ne voulait pas répondre ; elle dit seulement que Clara était revenue de son premier semestre à l'université et que jamais elle n'était ressortie seule de la maison. « Tu n'as pas posé de question ? Tu n'avais pas envie de savoir ? C'était ton *amie*, n'est-ce pas ? » Maman remarqua qu'elle avait essayé de voir Clara mais que les Benson ne lui avaient pas permis d'entrer. « Ils avaient sans doute honte », expliqua-t-elle, comme si c'était une raison suffisante. « Je suppose qu'ils pensaient être responsables. »

Pour la première fois, je compris que si je devenais folle, non seulement je souffrirais de la maladie en soi, mais je me sentirais coupable à l'égard de mes parents. Ils devraient bâtir un mur autour de la propriété et élever une meute de Dobermans pour éloigner les gosses du quartier qui viendraient nous épier et se moquer de nous. Je me jurai d'être plus habile et de cacher ma folie – je détestais l'idée d'être enfermée et de ne jamais pouvoir faire un pas sans qu'une assistante aux chaussures blanches ne me suive comme ma conscience. Tout le monde chuchoterait quand je passerais tel un zombi et les mères confieraient à leurs enfants que j'avais été parfaitement normale, je les avais même gardés dans leur jeune âge, et puis brusquement quelque chose s'était brisé en moi, et je devais rester cloîtrée avec mes parents pour toujours.

« Qu'est-il arrivé à miss Benson ? » demandai-je à Wally qui savait tout. Il avait le magasin au coin de Joseph Avenue, c'était la quatrième personne que je préférais à North Bay. « Je ne sais pas, chérie », répondit-il en secouant la tête. « C'était une fille charmante, mais frivole. Un peu comme Blanche DuBois*. » Je voulus savoir qui était Blanche DuBois et Wally me dit : « Une beauté folle du Sud. » « Comme Mrs Moore ? » demandai-je, et il rit si fort qu'il en renversa son café sur le comptoir. « Elle ne vous regardait jamais dans les yeux », observa-t-il en essuyant sa bave. « Souviens-toi de cela, Margarita : quand quelqu'un ne te regarde pas dans les yeux, c'est que quelque chose ne va pas chez lui. »

Cela signifiait-il que la personne était mauvaise,

* Blanche DuBois est l'héroïne d'*Un tramway nommé Désir* (*N.d.T.*).

ou qu'il lui était *arrivé* du mal, voulus-je encore savoir, il dit que c'était une bonne question. Il y réfléchit une minute et reprit : « On a l'impression qu'ils cachent quelque chose. Ils ne veulent pas que tu le découvres, aussi peu importe si c'est un acte qu'ils ont commis ou un événement qui s'est produit dans leur vie. De toute façon, ce n'est pas vraiment *bien.* »

Par chance, Hans n'était pas dehors quand j'escaladai la palissade des Benson et rampai tout le long, espérant que personne ne regardait par la fenêtre. Mr Benson sortait avec un râteau s'il voyait des gosses dans son jardin, et les chassait comme des chats errants. « Allez, fichez le camp d'ici ! » criait-il, et les enfants hurlaient de peur et de joie. Puis il rentrait en traînant les pieds, l'air vieux et vaincu. Il m'inspirait de la pitié, mais moins que Clara. On était toujours censé plaindre les parents plus que les enfants ; après tout, les parents travaillaient comme des esclaves, ils se sacrifiaient et se mettaient en quatre, et pour quel résultat ? « Ingrate ! » criaient-ils. « Qu'est-ce que tu as fait pour *moi* ? Rien du tout ! Zéro ! Après tout ce que j'ai fait pour toi, tu deviens cinglée et maintenant je ne peux plus sortir de la maison sans râteau ! » Dans les films, les parents étaient bons, généreux, charmants, dévoués et les méchants enfants les tourmentaient sans autre raison que la pure cruauté. Je détestais ces films stupides. Ils donnaient mauvaise réputation aux gosses.

Goober avait déjà traversé la cour des Benson et je l'entendais aboyer devant leur portail pour que je me dépêche. Tom Ditwell racontait qu'un soir il avait vu Clara courir dans la cour en hurlant comme un faucon, décrivant des cercles comme dans une étrange danse indienne. A cette époque courut le bruit que les Benson appartenaient à une secte et avaient sacrifié Clara pour y entrer. C'était une rumeur stupide, mais les enfants l'aimaient parce qu'elle les effrayait. En plus, la maison elle-même était hantée : sombre, avec un étage et un toit pointu, de minuscules fenêtres, des volets intérieurs qui fermaient vraiment. Elle avait été entourée par de grands ormes, mais ils avaient tous été abattus, comme le nôtre, quand la maladie de l'orme hollandais avait atteint North Bay et transformé la forêt en buissons. Les Benson avaient remplacé leurs arbres par de gros arbustes épineux qui poussaient juste devant les fenêtres. Nous nous défiions les uns les autres d'épier la villa, dans l'espoir de découvrir Clara vêtue d'une cape noire et coiffée d'un chapeau pointu, et j'imagine que les Benson prirent Hans pour nous éloigner.

De la musique d'opéra venait de leur maison, je franchis en courant les derniers mètres, enjambai la barrière et sautai. Saine et sauve ! Je me retournai et vis Clara debout à sa fenêtre, qui me saluait de la main comme si j'étais venue pour le thé. Je lui répondis tristement, et songeai combien elle devait se sentir seule, prisonnière dans cette maison obscure avec seulement ses parents et la vieille infirmière, qui était aussi chaleureuse que Hans. Si seulement j'avais pu lui parler, je lui aurais demandé ce qui était arrivé, sans détour, et je parie qu'elle m'aurait répondu. Sans doute attendait-elle depuis des années l'occasion de raconter à quelqu'un ce qui s'était passé mais personne ne lui posait jamais la question par crainte d'entendre la vérité. Je n'avais pas peur. Je ne craignais pas de le lui demander, ni de connaître la réponse. Je redoutais seulement d'être enfermée, moi aussi, pour le restant de mes jours.

## *10.*

Papa ne se trouvait pas à la maison, ce qui signifiait qu'il n'était pas encore six heures. Nous dînions tous les soirs à six heures précises. Donald seul avait la permission d'être en retard et uniquement les jours où il s'entraînait au baseball. Nous ne l'attendions pas pour commencer, et maman gardait son repas au chaud dans le four. Il me manquait quand il n'était pas à table avec nous, j'adorais Donald et pouvais généralement compter sur son appui, même s'il se contentait de rouler des yeux et de me donner des coups de pied sous la table. Parfois nous avions fini de manger quand il rentrait et je le plaignais de se retrouver tout seul devant son assiette au contenu desséché, comme s'il était puni, mais papa disait : « Nous dînons à six heures et n'attendons personne. » Même quand nous avions des invités nous respections cette habitude, et s'ils arrivaient en retard, cela ne changeait rien, bien que maman protestât que c'était grossier. Que penseraient les gens ?

« Qu'ils auraient mieux fait de venir à l'heure », répondait papa, riant comme s'il s'agissait de la meilleure plaisanterie au monde. Il considérait que le fait d'être en retard était une insulte, cela donnait à penser que votre temps était plus précieux que celui des autres. Une fois, j'avais dix ans, nous partions en voyage dans le nord et j'avais couru chez Ginger Moore pour lui dire au revoir, sans doute avais-je pris un peu trop de temps car lorsque je revins, papa avait déjà démarré et tournait pour sortir de l'allée. Maman, toute crispée, regardait par la fenêtre latérale et je leur courus après, me sentant ridicule, je criai et agitai les bras, sur le point d'éclater en sanglots. « Robert ! Robert ! » criait maman. « Arrête-toi ! Que vont penser les voisins ? » Il stoppa et attendit que je monte dans la voiture pour répondre : « Ils se diront que Maggie a fait quelque chose de très mal pour qu'on l'abandonne », et il riait, trouvant que c'était la chose la plus drôle depuis l'invention des « coussins péteurs ». « Nous allions partir sans toi », annonça-t-il quand je m'assis en poussant Ruthie. Maman protesta que non, jamais ils ne l'auraient fait, mais je les soupçonnais d'en être capables, à deux secondes près. Ils n'auraient pas hésité à partir pour Sault Ste Marie et à me laisser seule dans la maison sans même Goober, qui était emprisonnée dans un horrible chenil.

Quand je rentrai, maman était dans la cuisine et regardait la pile d'assiettes du déjeuner avec les Joueuses de Bridge. Ruthie se trouvait assise à sa place, prête à dîner bien que le couvert ne fût pas encore mis. Cela signifiait que nous avions du poulet et que je devrais supporter d'être près d'elle pendant qu'elle dévorait les cuisses, se couvrant de gras avec d'affreux grognements de plaisir. « Cannibale » disais-je, « comment peux-tu manger tes semblables ? » mais elle agitait les bras avec un cri rauque et continuait.

Je ne sais pas pourquoi elle était la seule à avoir le droit de se tenir mal à table. Si Donald ou moi nous mâchions notre laitue un peu trop fort nous étions immédiatement renvoyés dans notre chambre, mais Ruthie avait le droit de picorer dans son assiette comme un enfant qui cherche à attraper des pommes avec ses dents au fond d'un baquet, et cela me rendait folle.

« Je ne *supporte* pas ça ! » disais-je toujours. « Je ne *supporte* pas le *bruit* qu'elle fait ! » et elle se mettait à pleurer. « Je ne peux pas m'en *empêcher* ! » mais bien sûr elle le pouvait et ils la laissaient faire parce qu'elle était caractérielle.

Elle l'était réellement. A huit ans elle avait déjà appris toute seule à empailler des oiseaux. Elle avait un petit atelier de taxidermie dans le garage et tous les gosses du quartier nous apportaient les oiseaux morts qu'ils trouvaient, Ruthie s'en emparait et commençait à opérer avec un scalpel, éventrant le petit cadavre pour le vider, puis le remplir de coton. Elle demandait à papa de la filmer et ensuite elle montrait les séquences, en même temps que ses documentaires sur l'ornithologie. « C'est l'épiglotte », disait-elle tandis que nous étions assis dans le séjour, les rideaux tirés, en train de regarder des entrailles d'oiseaux, et papa racontait : « J'ai eu vraiment du mal à tenir la caméra pour celui-ci. »

Elle conservait des oiseaux morts dans le freezer, quelquefois je rentrais en courant de la plage pour prendre une sucette glacée, je tendais la main et trouvais un moineau. C'était vraiment morbide.

« J'ai faim, Maggie, dit Ruthie. Dépêche-toi de mettre le couvert.

– Tu n'as qu'à le mettre toi-même », répondis-je, elle commença à pleurnicher, maman gémit et s'écria : « Margaret Sweet Pittsfield, ne peux-tu *jamais* faire un effort pour être agréable ? Tu es rentrée depuis cinq secondes et déjà tu es méchante avec ta sœur.

– Ouais, renifla Ruthie, si tu étais gentille avec moi, je serais normale. »

J'en doutais, mais je me sentais coupable quand même ; c'était une attitude chez moi, mais cela ne changeait pas mon comportement. Si je devais éprouver de la culpabilité de toute façon, autant agir comme je l'entendais.

« Tu *dois* mettre le couvert », déclara Ruthie, trônant comme une épouse de sultan. « C'est ton travail.

– Je viens à peine d'arriver ! criai-je. Est-ce que je peux au moins aller aux toilettes ? J'ai une seconde pour cela ?

– Dépêche-toi, dit maman. Ton père sera à la maison d'un moment à l'autre et il fera une crise si le couvert n'est pas mis. »

Eh bien, pensai-je, qu'il fasse une crise. Il se comportait comme si c'était la fin du monde quand le dîner ne fumait pas devant lui à six heures précises, on avait l'impression que l'univers entier serait bouleversé si nous n'étions pas assis à nos places en train de dire les grâces, que Dieu s'en irait sans nous si nous arrivions en retard.

Je m'enfermai dans la salle de bains et m'assis sur le siège des cabinets, me demandant ce que j'allais faire maintenant que je n'avais plus d'amie. « Joli boulot, idiote », dit Margaret et Cotton Mather exigea que je me noie dans la baignoire. « Allons, allons, protesta Sarah, ce n'est pas si terrible que ça. »

Quand Sarah n'était pas occupée à pleurer, à gémir ou à se tordre les mains, elle aimait être Très-gentille. Elle disait toujours des phrases comme « Pardonne et oublie », et « Tends l'autre joue », et tout le fatras du genre « Bienheureux les débonnaires ».

« Compte tes bonheurs », conseilla-t-elle et j'en avais quatre. Le premier me venait de Goober, qui était tout ce qu'une amie doit être. Elle m'écoutait sans m'interrompre et jamais elle ne me menaçait, ne me taquinait ou ne se retournait contre moi comme les gens. Ginger avait autrefois un chien, un stupide teckel nommé Fritz qu'elle appelait Bean. « Bean comme dans *human bean** », disait-elle et c'était vrai, les chiens étaient plus humains que les gens, ou du moins ils avaient toutes les qualités que nous étions censés posséder selon les adultes, qui n'en avaient aucune eux-mêmes. Ils étaient Loyaux. Dignes de confiance. Dévoués. Aimants. Joueurs. Et ils vous protégeaient. Ce drôle de Fritz était la meilleure chose de la vie de Ginger – il se mettait sur le dos et traversait le plancher comme

* Jeu de mots sur *bean* (haricot) et *being* (être humain, ici) (*N.d.T.*).

un nageur dans une piscine. « Nage, Fritz ! » disions-nous et il plongeait, les babines retroussées comme s'il riait lui aussi. Dommage, Mrs Moore l'avait fait piquer. Il était entré une fois dans sa chambre et la sentence avait été immédiate.

Mon second bonheur venait du lac. J'avais la chance immense d'habiter une maison au bord du lac, d'avoir ma propre plage et un endroit où me réfugier. L'été, j'étais plus souvent dans le lac que sur la rive. J'avais un canot pneumatique jaune avec une fenêtre en plastique transparent sur le rebord, je m'y allongeais et ramais, regardant les rochers au-dessous de moi et les poissons qui filaient. L'été précédent un cargo étranger avait introduit des lamproies dans le lac, fixées sur la coque du bateau comme des anatifes. Elles avaient attaqué les poissons et tout l'été des centaines de poissons morts s'échouèrent sur le rivage, qui empestait comme les égouts. Goober était ravie – elle n'espérait qu'une chose, sortir de la maison pour courir sur la plage et se rouler au milieu de ces cadavres argentés. Les anguilles durent mourir gelées pendant l'hiver, ou bien elles retournèrent dans l'océan d'où elles étaient venues, car le problème ne se reproduisit pas. « La nature obéit à son ordre à elle », disait maman.

Mon troisième bonheur venait des membres de ma famille. J'aurais dû les placer en premier, c'était blessant de se retrouver troisième, mais ils ignoraient l'existence de cette *liste*. Ils m'avaient donné un endroit agréable où habiter, ils étaient gentils avec tous mes amis et ne me gênaient pas trop, pour des parents. On pouvait sortir avec eux, bien sûr ils n'avaient rien d'extraordinaire mais au moins je n'avais pas à craindre de les voir danser avec un abat-jour sur la tête, chanter avec les musiciens de l'orchestre ou rouler en bas des escaliers, ivres morts, comme l'ex-papa de Cindy. Nous étions tous terrifiés par Mr Tucker – si Cindy n'était pas à la maison quand il rentrait, il ressortait en furie et hurlait son nom, la tirant par sa queue de cheval tout le long du chemin. Cela m'aidait à comprendre pourquoi Cindy était si méchante, mais ce n'était pas une raison pour l'aimer.

Pour mon quatrième bonheur, je comptais toutes les parties de mon corps, bien en place, sauf les amygdales et les végétations, et en parfait état de marche. J'étais en bonne santé et du moins je n'avais pas de jambe de bois comme Wilma Bosniak. Wilma était dans la classe de Donald, elle avait eu la polio et on avait dû lui couper la jambe. La fausse n'était pas en bois mais en plastique, couleur chair, elle était fixée à son corps par des agrafes en métal, je pensais que cela devait faire atrocement mal. Wilma vivait dans une maison de pierre de Beach Street et je me souvenais d'être allée chez elle quand j'étais petite, avant qu'elle n'attrape la polio. Je me rappelais la merveilleuse salle de jeu qu'elle avait dans le sous-sol : une maison en miniature à la mesure de l'enfant, avec des chaises, des tables et des placards tout petits. Je voulais y habiter et maman faillit se trouver mal quand Mrs Bosniak lui dit que j'avais demandé à m'y installer. J'adorais le sous-sol de Wilma – on s'y sentait tellement en sécurité, et à chaque avis de tempête je me blottissais avec tout le monde dans le placard d'en bas, rêvant de me trouver chez elle, mais bien entendu je n'abandonnerais jamais ma famille, je ne la laisserais pas s'envoler dans la cheminée pour me réfugier dans la salle de jeu de mon amie.

Nous n'avions pas de sous-sol. Mais juste un petit débarras, même pas une cave ; en cas d'ouragan il n'aurait servi à rien, et je ne parle pas d'une explosion nucléaire. Quelques années auparavant, quand les Prittle avaient construit un abri, papa avait demandé à un entrepreneur d'en bâtir un pour nous, mais nous étions trop près de la plage et sous notre maison il n'y avait que du sable. D'une certaine manière, cela me réjouit. Avant de le savoir, je restais éveillée la nuit à me demander qui j'inviterais à se cacher avec nous en cas d'attaque. C'était horrible, il faudrait laisser des gens dehors, je pensais que ce serait de notre faute et je détestais cette idée. Maintenant que je n'avais plus d'amie, ce ne serait plus un tel problème, mais j'étais quand même contente que nous n'ayons pas d'abri. Je préférais être déchiquetée en mille morceaux que de passer dix ans avec ma famille dans une pièce sans fenêtre.

Quand Wilma eut la polio, nous n'eûmes plus le droit de jouer avec elle ; elle était en quarantaine dans sa maison et après cela elle ne fut plus jamais la même. Elle restait à l'écart, par honte sans doute, elle devait craindre d'être tournée en ridicule et rejetée. Elle ne supportait pas qu'on la regarde marcher, et je ne l'en blâmais pas. Ce n'était pas beau à voir. Sa fausse jambe avait une sorte de charnière métallique au niveau du genou, mais soit le système ne fonctionnait pas, soit Wilma ne savait pas s'en servir, elle la maintenait droite et raide ; chaque fois qu'elle faisait un pas elle avançait sa bonne jambe puis lançait l'autre d'un mouvement de la hanche, comme un sac de pommes de terre. Quand la sonnerie retentissait à la fin d'un cours, tout le monde se précipitait dehors pour changer de classe, et lorsqu'elle résonnait de nouveau on entendait Wilma qui se déplaçait avec lenteur dans le couloir, le pas lourd, hésitant, tel le monstre de Frankenstein. J'estimais qu'elle aurait dû laisser tomber sa jambe de bois et prendre des béquilles. Elle aurait marché plus vite et pu frapper tous ceux qui osaient se moquer d'elle.

Aussi, quand je pensais à Wilma qui se cachait à cause de sa jambe, ou aux pauvres gens de Riverside qui vivaient dans leurs maisons branlantes avec des pelouses grises et couvertes de broussailles, à leurs gosses qui tombaient dans le lac gelé ou se noyaient dans le marais, à Mrs Moore et à l'ex-papa de Cindy, je me disais que j'étais la fille la plus heureuse du monde et que c'était un péché de ne pas me montrer joyeuse, reconnaissante, gentille et normale.

« Tu es l'enfant la plus morbide qui soit », répétait toujours maman, mais elle aurait mieux fait de se regarder elle-même. Une femme capable de s'enfermer dans sa chambre et de pleurer une semaine parce qu'elle ne savait pas préparer les brocolis.

« Margaret Sweet Pittsfield ! » cria maman en bas de l'escalier. « Descends immédiatement ! Il faut mettre la table !

– J'arrive, j'arrive », grognai-je, haïssant la malheureuse table et ses importantes exigences, comme si elle devait tomber en poussière et mourir de honte et de solitude si elle n'était pas mise exactement à l'heure. « J'*arrive* ! »

# *11.*

Ruthie était assise à sa place, elle attendait. Sa patience était incroyable – elle passait des heures dans le garage, à regarder des cadavres d'oiseaux, les dessinant sans relâche jusqu'à ce qu'elle atteigne la perfection. J'étais exactement l'opposé. J'essayais quelque chose une fois et si je n'y arrivais pas du premier coup, je jetais tout et courais ailleurs. « Miss Mouvement perpétuel », m'appelait maman, disant que si je ne ralentissais pas mon rythme, j'aurais une crise cardiaque.

Je saisis les sets tissés bleu et blanc dans le placard. C'étaient mes préférés, maman les avait rapportés du Portugal quand elle était partie rejoindre papa, nous laissant avec cette horrible Mrs Jolly. C'était l'une de ces personnes dévotes qui pensent que jouer aux cartes est un péché. « Mrs Tout-sauf », l'appelais-je, et même grand-mère ne pouvait s'empêcher de rire.

« Tu te souviens de Mrs Jolly ? » demandai-je à Ruthie en posant un set devant elle. Elle rit en s'écartant, pas du tout offensée par mon intrusion sur son territoire. Incroyable ! Si quelqu'un avait essayé de pénétrer de force sur le mien, j'aurais refusé de bouger, me transformant en pilier, pour le repousser. Mais pas Ruthie. C'était l'enfant la plus docile et la plus placide au monde et j'imagine que ce n'était pas si important pour elle ; elle préférait que je lui parle gentiment plutôt que de préserver ses frontières.

« Toi et Cindy vous aviez fait les idiotes », dit-elle, posant sa main potelée sur sa bouche avec un éclat de rire. « Mrs Jolly voulait appeler la police.

– Quoi ? cria maman. Qu'est-ce que c'est que cette histoire de police ?

– Ce n'est rien, maman, dis-je. Elle parle seulement de la fois où Cindy et moi nous avons bu du cidre.

– Oh », répondit maman, riant elle-même. Ils étaient rentrés de leur voyage et nous avions tous couru leur souhaiter la bienvenue, les aider à porter leurs bagages, sautant de joie pendant que Mrs Jolly se tenait sur le seuil, sévère comme une porte de prison, prête à me couper en morceaux. « Ruthie et Donald ont été des anges », déclara-t-elle sans même demander avez-vous-fait-bon-voyage ? « Mais Margaret a eu une conduite scandaleuse. »

« Scandaleuse. » Quelle première. Quelquefois je pensais que je faisais une faveur à mon frère et à ma sœur simplement en restant en vie, ils paraissaient toujours être des anges, comparés à moi, et Donald, en particulier, s'en tirait même s'il avait commis les pires horreurs car quelle que fût la gravité de ses actes ou de son comportement, ce que je venais de faire était toujours plus grave. En plus, c'était un garçon et les garçons sont censés avoir une bonne part de méchanceté, sinon ils risquent de se transformer en poules mouillées.

« Eh bien, je suppose que cet incident t'a dégoûtée du cidre à tout jamais », dit maman, mais le cidre était une boisson pour bébés. Je buvais déjà de l'alcool, quelquefois ; j'avais caché un flacon du Scotch de maman sous les combles et de temps en temps je le mélangeais avec du Coca et je passais la nuit, là, rêvant de devenir la première femme gouverneur du Michigan, la première femme astronaute ou la première personne à traverser le lac à la nage. J'aimais cette sensation de vertige, cette vision d'un monde embrumé et mouvant, et c'était le seul moment où toutes mes parties semblaient n'en faire qu'une. Ou peut-être disparaissaient-elles. Je l'ignorais, je savais seulement que lorsque je me réfugiais sous le toit pour boire mon Scotch, je me sentais bien avec moi-même, aucune voix ne hurlait, ne clamait de grands principes ni ne me disait à quel point j'étais pourrie. Je me sentais calme et paisible, cela me plaisait même si je devais le payer le lendemain dès mon réveil, quand Cotton Mather martelait sa chaire et me disait que jamais je n'aurais de salut car je m'apprêtais à devenir alcoolique à douze ans.

Ce n'était pas très drôle, pas comme cette première fois, avec Cindy. Nous étions montées dans ma chambre, nous cachant dans le cabinet de toilette pour lire des bandes dessinées d'épouvante, fabriquer des chaînes en papiers de chewing-gum et boire le cidre que j'avais pris dans le garage. Nous ne nous rendîmes pas compte que c'était fort, pas tout de suite, le goût nous paraissait nouveau, aigre et piquant, comme si on avait versé de l'eau gazeuse dans le récipient. Après quelques verres, nous hurlions et nous riions au point de ne plus pouvoir respirer, et je compris ce qui se passait, mais nous nous amusions trop pour nous arrêter de boire. Brusquement tout semblait drôle, lumineux, étincelant, le monde était merveilleux et facile, et tous nos petits problèmes absurdement insignifiants. Qui se souciait de ma folie, qui se souciait de l'argenterie que l'ex-papa de Cindy avait volée chez ses parents en leur absence ?

Nous avions mis des disques et dansé, couru dans la chambre de mes parents, sorti l'une des boîtes à chapeaux de maman, attrapé Ruthie pour la déguiser en sorcière, la maquillant comme un vampire de bande dessinée avec les produits de maman. Elle était aux anges – elle ne comprenait pas pourquoi Cindy et moi étions si joyeuses, mais cela n'avait pas d'importance pour elle, elle voulait partager notre gaieté, et se comporter aussi bêtement que nous. Je commandai des pizzas pour tous les voisins et j'observai la scène par la fenêtre, suffoquant de rire, tandis que le livreur attendait, son carton dans les bras et que Mr Ditwell lui claquait la porte au nez avec force hurlements et gesticulations. Tout était scandaleusement drôle, même Mrs Jolly qui montait l'escalier en criant : « Qu'est-ce qui se passe là-haut ? »

Elle fit irruption dans ma chambre et se dressa tel

un bourreau, considérant notre gaieté d'un air réprobateur. Elle poussa un cri en voyant les bandes dessinées qui traînaient partout, et quand elle découvrit Ruthie maquillée en monstre, elle faillit s'évanouir. « Tortionnaires ! » hurla-t-elle. « Démons ! » Je tombai par terre en riant et Ruthie essaya de nous défendre, pleurant des larmes rouges et noires : « Nous *jouons* ! Nous nous *amusons* ! »

Cindy et moi nous roulions sur le plancher, riant à en avoir mal aux côtes : « Arrête, arrête ! Tu es en train de me tuer ! » suppliions-nous. Mrs Jolly attrapa Cindy et la força à se lever. « *Vous* » prononça-t-elle d'un ton menaçant. « Rentrez chez vous ! Et ne revenez jamais ! » Elle la poussa hors de ma chambre et Cindy fit mine de lui donner un coup de pied dans le derrière. « Non ! Non ! » essayai-je de dire, « ne fais pas ça ! » ; je savais que j'aurais droit à une claque si je continuais de rire, mais je ne pouvais pas m'en empêcher – Cindy, toute rouge, les cheveux en bataille, faisait des grimaces devant les fesses plates et décharnées de Mrs Jolly, elle reniflait et se bouchait le nez en roulant des yeux.

« Toi ! » dit Mrs Jolly, me désignant de son doigt osseux. « Tu ne sortiras pas de cette maison avant le retour de tes parents !

– Et l'école ? demandai-je. Vous ne pouvez pas m'obliger à manquer la classe. Vous ne pouvez pas me forcer à faire n'importe quoi. »

Elle avança vers moi et je n'étais plus gaie du tout ; je me relevai sur les genoux, reculai dans le coin et pensai, si elle me touche, je la tue. Je cherchai une arme autour de moi mais je ne trouvai rien pour l'assommer. Elle se rapprochait de plus en plus et je voulais crier, courir, devenir un char et l'écraser sur ma moquette maculée d'encre, la métamorphoser en une tache grise que maman ne pourrait pas enlever. Sauvez-moi, sauvez-moi, sauvez-moi, pensais-je et brusquement Margaret apparut, farouche, et hargneuse, et elle hurla : « Ne me TOUCHEZ pas ! » d'une voix si aiguë que Mrs Jolly s'interrompit, pétrifiée. Cindy et Ruthie s'étaient immobilisées sur le seuil, les yeux exorbités comme des boules de bubble gum, tandis que Mrs Jolly battait en retraite, tremblante de rage.

« Elle a crié que j'étais le mal », dis-je à maman tout en disposant bruyamment les couverts sur la table ; je vis son dos se raidir.

« Qui donc, chérie ? » demanda-t-elle, se retournant avec un sourire, comme si le bruit de l'argenterie ne la dérangeait absolument pas.

« Mrs Tout-sauf », répondis-je. « Elle a dit que j'étais un suppôt de Satan. »

Maman haussa les épaules. Tout cela appartenait au passé et il valait mieux l'oublier.

« J'aimais bien quand tu faisais l'idiote », dit Ruthie en levant vers moi des yeux pleins d'adoration. « Tu étais gentille avec moi. »

Son regard brillait d'innocence, d'amour et de dévouement, et j'eus honte – comment pouvais-je me montrer méchante avec un être aussi doux et vulnérable ? Si je lui souriais, elle rayonnait de bonheur et oubliait instantanément que je lui avais fait mal ou jeté le mauvais œil. Je voulus ébouriffer sa chevelure bouclée, la prendre pour la lancer en l'air, la serrer contre moi comme autrefois, quand elle était petite. Elle était si confiante, si consentante – persuadée, je le savais, que je la rattraperais, les bébés et les jeunes enfants pensent qu'il y a toujours quelqu'un pour les recevoir dans ses bras.

Je la regardais qui me souriait, j'avais l'impression d'être une sorte de héros et me sentis soudain submergée par cette rage horrible comme une marée de sang écarlate, qui m'entraînait puissamment au fond, tout au fond du lac. Ruthie n'était plus Ruthie, mais un minuscule bébé, je ne voyais plus ses yeux qui me fixaient, je voulais la secouer, la rendre malheureuse, lui faire du mal, lui donner ce qu'elle méritait. Il vaudrait mieux t'y habituer, il vaudrait mieux t'y habituer, disait une voix au timbre voilé à l'arrière de mon crâne, il vaudrait mieux l'aimer.

Je secouai la tête, essayant de chasser le bébé, d'éloigner la voix, mais ils étaient tenaces. Le bébé continuait de me regarder de ses yeux innocents, pleins de confiance, et la rage bouillonnait telle une maladie, les entrailles me brûlaient et je voulais m'arracher la peau, m'échapper de moi-même, quitter cette fureur, *sortir*.

La main de Ruthie me tirait le bras. « Peggy ! Peggy ! » disait-elle et je faillis la gifler.

« Comment m'as-tu appelée ? » hurlai-je, et, terrorisée, elle fondit en larmes.

« Maggie, sanglota-t-elle. Je t'ai appelée Maggie ! C'est ton nom ! »

Je la regardai qui pleurait comme si son petit cœur était brisé, et je pensai que tout le monde avait peut-être raison, que j'étais sans doute *folle*, *cinglée*, ils *devraient* me mettre une camisole de force et m'expédier à Lapeer, où je ne pourrais faire de mal qu'à moi-même.

« Je suis désolée, Ruthie », dis-je. « Je ne voulais pas t'effrayer. »

Elle leva vers moi un regard plein d'espoir. « Je voudrais que tu fasses l'idiote tout le temps », balbutia-t-elle, et je pensais comme elle.

## *12.*

Ruthie disait toujours les grâces. C'était la personne pieuse de la famille ; elle croyait avec ferveur et pleurait pour moi quand je jurais : « Tu iras en enfer ! » sanglotait-elle, je répondais et alors, quelle différence cela fait-il pour toi de connaître ma destination après ma mort ? « Tu es ma sœur ! », pleurnichait-elle, « je ne veux pas que tu souffres pour toujours ! »

Je n'en avais pas *envie* non plus, mais je jugeais ces larmes inutiles. Au moins, déclarai-je, je trouverais enfin ma place.

« On ne parle pas de l'enfer à table », s'écria papa et il fallut se taire.

« Mrs Benton a appelé », dit maman comme papa me tendait une assiette remplie de poulet et de pommes de terre sautées. « Elle a raconté que tu es encore entrée dans leur cour en cachette.

– Je ne me "cachais" pas, je prenais un *raccourci.*

– C'est une propriété privée », intervint papa d'un ton sévère. « Tu dois apprendre le respect de la propriété d'autrui. Ça te plairait que les gens traversent ta chambre pour prendre un raccourci ? »

Je haussai les épaules. Ce n'était pas pareil, mais ça ne servait à rien de discuter. D'ailleurs, ils faisaient irruption dans ma chambre à chaque fois qu'ils en avaient envie – maman ne voulait pas que je mette un verrou à la porte. « Et si la maison brûle ? disait-elle. Comment pourrions-nous te libérer ? » Mais en réalité elle désirait me priver de toute intimité. J'étais en train de m'habiller et brusquement elle ouvrait la porte, jetait un regard à mon corps à moitié nu et commentait : « Ma parole, tu es déjà une femme » ; j'étais morte de honte.

« Eh bien ! s'écria-t-elle gaiement, nous avons eu une partie de bridge merveilleuse aujourd'hui !

– Qu'est-ce que tu racontes ? », l'interrompit sèchement grand-mère, « nous avons *perdu* !

– Oui, mais nous avons passé de bons moments.

– *Toi*, peut-être, grogna grand-mère, moi je ne trouve pas "merveilleux" de perdre. Je veux *gagner*. Ce qui aurait été le cas si tu avais appris à faire les enchères, pour l'amour de Dieu. »

Ruthie poussa un cri et papa eut un mouvement d'humeur. « Allons, Kay, nous sommes en train de dîner. »

Papa était le seul à être capable d'obliger grand-mère à se taire. Elle semblait avoir peur de lui, j'ignore pourquoi. Elle ne redoutait personne d'autre, mais peut-être craignait-elle qu'il ne la mette à la porte ou que nous ne déménagions pendant l'hiver sans l'informer de notre nouvelle adresse. Une fois, c'est ce qu'elle avait fait à maman. Maman était revenue de l'université et avait trouvé une autre famille dans sa maison. Grand-mère avait déménagé sans l'attendre et sans prendre la peine de la prévenir. « J'ai oublié », dit-elle quand maman la retrouva enfin, mais elle ne réagit pas. Je l'aurais tuée. Je l'aurais étranglée en lui crachant à la figure : « Je ne veux plus vivre avec *toi*, vieille sorcière. »

« Essayons d'avoir un repas paisible », dit papa, je roulai les yeux, Ruthie dévorait ses ailes de poulet la figure couverte de gras. C'était dégoûtant. Maman continua, parlant d'atout et d'impasse, je regrettais l'absence de Donald, à qui j'aurais pu faire des grimaces et lancer des coups de pied sous la table. « Le dîner est un moment familial », déclarait papa mais je ne me sentais pas à ma place. En principe, nous devions évoquer nos problèmes et nous raconter nos vies, mais je ne voulais rien leur dire sur moi.

« Comment va Jules César ? » demanda papa et je haussai les épaules. Je répondis que je n'étais plus aussi sûre de le vouloir pour héros.

« Pourquoi pas ? » demanda-t-il, pouffant comme si j'étais sur le point de dire quelque chose de très drôle. « Qu'est-ce qui ne va pas chez lui ?

– Il a affamé les rebelles en Gaule et coupé les mains des survivants, répondis-je.

– Margaret ! protesta maman. Nous sommes à *table* !

– Eh bien, c'est lui qui m'a *posé la question* », me défendis-je, et elle soupira, puis me demanda pourquoi je ne choisissais pas une gentille héroïne, comme Betsy Ross.

« Betsy Ross ! m'écriai-je. Oh, *je t'en prie* ! Elle a passé sa vie à *coudre* !

– Oui, mais elle a cousu le drapeau qui encourageait nos soldats. Elle a fait quelque chose de très important, simplement en restant à la maison et en cousant. Ceux qui se contentent d'attendre sont aussi héroïques.

– C'est du bla-bla, dis-je.

– Mademoiselle la Non-conformiste », déclara grand-mère avec mépris. « Je suis surprise qu'elle n'ait pas pris Attila le Hun. C'est exactement l'homme qui lui faut.

– Non, c'est celui qu'il *te* faut », répondis-je, maman se décomposa et grand-mère s'indigna : « Quoi, petite m...

– Allons, Kay », dit papa, essayant de l'arrêter avant qu'elle ne prononce le mot merdeuse comme si nos petites oreilles si pures ne l'avaient pas déjà entendu. Merde, merde, merde. Donald et moi nous le disions tout le temps, pendant les voyages en famille, nous nous installions au fond du break et cherchions les mots en « M... » sur les panneaux publicitaires, celui qui avait trouvé le plus de merdes à la fin du trajet gagnait. Nous étions accroupis, laissant juste dépasser nos têtes pour voir le paysage par la vitre arrière, nous riions comme des fous et maman demandait enfin : « Mais qu'est-ce que vous *fabriquez* là-bas derrière ? »

« Elle a besoin qu'on lui donne une leçon, dit grand-mère. Si c'était ma fille... »

Je ne l'étais pas. Je n'appartenais ni à elle ni à

personne d'autre, et elle ne pouvait pas me toucher. Je n'étais pas un objet qu'on possédait, un coquillage sur une plage de Floride, qu'elle pouvait écraser sous son talon ou jeter dans l'océan, ou recouvrir de laque pour le poser sur une table en verre.

« Elle n'apporte que des Ennuis avec un E majuscule », poursuivit-elle et papa intervint : « Laissez-la tranquille, ce n'est qu'une gosse.

– Gosse, *mon derrière**, répliqua-t-elle.

– Allons, allons, il nous faut un peu de calme », reprit papa. « Qu'est-ce que vous diriez si on allait tous au Dairy Queen** ?

– Bôk ! Bôk ! Bôk ! » cria Ruthie pour marquer son approbation et maman trouva que c'était une idée formidable, ce serait très agréable d'aller au Dairy Queen.

« Qu'en penses-tu, Boo ? demanda papa.

– Je suis au régime », dis-je, et ils poussèrent des cris.

« Qui a déjà entendu une chose pareille ? » demanda maman. « Une fille de douze ans au régime ? » Mais je n'irais pas. On ne me surprendrait pas au Dairy Queen avec ma *famille*.

Maman savait ce que je pensais et elle eut l'air triste, je regrettais de l'avoir blessée. Je détestais les voir ainsi ; quand ils étaient assis comme des âmes perdues et me donnaient l'impression d'être un monstre parce que je ne voulais pas m'entasser avec eux dans la voiture, chanter des chansons et traverser la ville en voiture comme la famille d'un stupide

* En français dans le texte (*N.d.T.*).
** Dairy Queen : drive-in où l'on sert uniquement des glaces (*N.d.T.*).

feuilleton télé, heureuse, propre et insouciante. Comment pouvais-je espérer que maman comprenne quand elle était elle-même si soumise – après tout, quatre mois par an, grand-mère se cramponnait à son dos comme un chat en furie.

« Oh, Maggie, je t'en prie, viens », dit maman et j'eus envie de hurler. Pourquoi ne pouvaient-ils pas me laisser tranquille ? J'avais expliqué que je ne voulais pas venir, ils n'avaient qu'à répondre « D'accord » et *partir*, pourquoi devaient-ils attendre à la porte, me regardant comme s'ils me voyaient pour la dernière fois ? Cela me rendait si furieuse – si je les accompagnais, je me détesterais pour avoir cédé et fait quelque chose que je ne voulais pas uniquement pour ne pas blesser les sentiments d'une autre personne, mais si je restais, je ne supporterais pas de les avoir peinés.

Grand-mère se trouvait déjà dans la voiture, criant : « Allons-y ! »

« Tu es sûre de ne pas vouloir venir ? » demanda maman d'un air suppliant, et j'eus l'impression qu'elle souhaitait ma compagnie pour que grand-mère me tourmente *à sa place*.

« Oui », répondis-je, et je montai dans ma chambre.

# *13.*

Ma chambre était longue et étroite, avec, au bout, un petit cabinet de toilette que maman appelait le Trou noir. A chaque extrémité du Trou noir se trouvaient des espaces de rangement, directement sous le toit de la partie principale de la maison, que nous avions baptisé « sous les combles ». Celui qui se trouvait à gauche dominait la véranda, il y avait une fissure dans le plancher qui me permettait de voir en bas et d'entendre ce que les gens disaient s'ils parlaient assez fort.

Les soirs où j'étais renvoyée de table, je me cachais là et j'attendais qu'ils viennent dans la véranda pour regarder la télé. Donald était le premier, puis Ruthie arrivait, suçant son zèbre en peluche, puis se perchant sur le bras du canapé pour se balancer. Je détestais ce canapé. Je refusais de m'y asseoir ; je préférais m'installer par terre ou sur le tabouret que de me mettre dessus. Il était laid et stupide et j'espérais que maman allait s'en débarrasser, le sortir dans la rue le jour où les poubelles passaient et le remplacer par un joli divan, lisse et moelleux, où on pourrait s'enfoncer, avec un tissu à fleurs roses, au lieu de cette matière rêche et marron qui ressemblait à du tweed. Cela faisait mal de s'asseoir dessus, de le regarder, je le détestais et j'aurais voulu que Goober pisse dessus pour que maman soit forcée d'en acheter un neuf.

Ruthie ne semblait pas s'en soucier. Elle posait les mains sur le bras du canapé et commençait à se balancer d'avant en arrière, cela pouvait durer des heures. Elle l'avait fait toute sa vie, pratiquement depuis le jour où maman l'avait ramenée de l'hôpital. « Faites de beaux rêves », disait maman quand Donald et moi nous montions nous coucher d'un pas lourd et je m'allongeais dans mon lit blanc à colonnes comme dans les contes de fées, écoutant Ruthie à l'autre bout du couloir, qui poussait son berceau contre le mur avec une fureur incroyable. « Comment une enfant de deux ans peut-elle avoir autant de force ? » avais-je demandé à maman, elle répondit qu'il était normal que les enfants se balancent dans leurs berceaux. « Se balancer, d'accord », dis-je, « mais pas enfoncer les murs comme un char ! » HOO-WHOP ! HOO-WHOP ! HOO-WHOP ! Des heures et des heures – un martèlement rythmé, monotone, comme un tambour cannibale, HOO-WHOP ! « Je pense que tu ferais mieux de la montrer à quelqu'un », conseillai-je à maman. « Je pense qu'elle n'est pas tout à fait normale. » Mais maman répondit que c'était absurde, je me trompais complètement, pourquoi serait-elle anormale ? Ce n'était qu'une enfant, un bébé parfaitement bien dans sa peau, n'avais-je pas honte de suggérer le contraire ?

Papa venait ensuite. Il s'asseyait dans son grand fauteuil, devant la télé, il regardait « ses émissions », puis partait se cacher dans son bureau pour « travailler ». Maman arrivait la dernière, tenant un verre d'une main et une tasse de café de l'autre. Elle s'asseyait sur son coin de canapé et glissait les pieds sous ses fesses, comme une étudiante dans un dortoir, elle prenait son tricot et fumait et buvait en même temps. Quand grand-mère était là, elle quittait la salle à manger d'un pas de grenadier, se laissait tomber sur le meilleur siège et commençait à se plaindre. J'aurais aimé que la fissure du plancher fût assez large pour y glisser une sarbacane et bombarder sa grosse tête de boulettes de papier mâché.

Je me calfeutrais dans mon refuge les écoutant raconter mes méfaits. Je découvris ainsi qu'ils avaient l'intention de m'envoyer en pension s'il m'arrivait encore des histoires. « Je ne sais pas quoi *faire* d'elle », dit maman à papa après l'épisode de Mr Howard. « Je n'ai aucun *contrôle* sur elle. » Papa était certain que je surmonterais cela, comme tout le reste. « Robert, c'est sérieux, insista maman. C'est la goutte qui fait déborder le vase ! » « Bien, bien, répondit papa. On verra comment elle s'en sort aux cours d'été et on se souciera du reste ensuite. »

Grand-mère dit que j'étais le mouton noir de la famille. Jeunesse pervertie. Mauvaise graine. Selon Mr Blake, j'avais besoin de discipline. Selon maman, je devais rabattre mon caquet d'un ou deux crans et renoncer à mes grands airs. Selon papa, j'avais besoin de jeter ma gourme ; dans quelques années, quand j'aurais cessé mes comédies absurdes, j'irais très bien. Selon grand-mère, j'avais besoin d'un exorciste.

« Tu auras ce que tu mérites », menaçait-elle et elle devenait hystérique quand je disais : « Ce que *quoi* ? » « Tu verras, mademoiselle l'insolente », répondait-elle, et nous prenions tous un air lugubre, le regard perdu dans le vide, tandis que grand-mère me prédisait un voyage en enfer.

J'allais voir des films sur les délinquants pour savoir ce qui m'attendait. Je finirais comme une criminelle. On m'enfermerait dans une cage, ce que je méritais bien, et personne ne se soucierait plus de moi. J'étais une menace pour la société, je n'étais pas adaptée à la compagnie des gens bien. On m'enverrait en prison où je serais forcée de fabriquer des plaques d'immatriculation, je me battrais avec les dures de Detroit, qui cachaient des tournevis aiguisés dans leurs cheveux nattés. J'aurais un casier judiciaire, toute ma vie se déroulerait en noir et blanc.

J'épouserais un gangster, je serais kidnappée par une bande rivale, on enverrait des fragments de mon corps avec des demandes de rançon – on me réexpédierait morceau par morceau jusqu'à ce qu'il ne reste que mon torse à jeter dans une décharge. Mon mari, Rocco, refuserait bien sûr de payer – il se débarrasserait de mes bouts de chair au fur et à mesure de leur arrivée, et chargerait un de ses hommes de main de les fourrer dans l'incinérateur. Une fois qu'il me connaîtrait, il me haïrait comme tous les autres et serait très content d'être délivré de ma personne – même en pièces détachées.

Finalement, maman reposait son tricot et portait Ruthie en haut, sans se soucier de frapper à ma porte pour voir si j'étais encore vivante. Et si j'étais tombée du lit et m'étais brisé le crâne contre le pied branlant, si j'avais saigné à mort ?

Elle redescendait et essayait de parler, mais papa était perdu dans son monde. « Je regarde mon émission, Marion », disait-il, ou « Je suis au milieu d'un article. » Il se levait, allait s'enfermer dans son bureau et accrochait le panneau DÉFENSE D'ENTRER, maman restait seule et tricotait.

Clic, clic, clic, faisaient les aiguilles pointues, étincelant à la lumière de la lampe, clic, clic, cela me rendait folle. Je ne supportais pas ce bruit, je ne pouvais même pas rester dans la pièce lorsque maman tricotait. « RANGE ces trucs ! » criais-je, et elle se demandait ce qui m'arrivait, c'était plus fort que moi, j'avais une sorte de phobie et je ne supportais pas ces aiguilles. Je devenais très nerveuse, j'avais l'impression de claquer des dents et je disais : « Je ne SUPPORTE pas ça ! » et maman pointait une aiguille vers moi et disait : « Arrête *immédiatement* ces sottises ! ». Elle agitait l'instrument en métal bleu dans ma direction, j'avais envie de m'arracher la peau et de hurler, je me couvrais les yeux et m'enfuyais de la pièce.

« Je ne comprends pas ce qui lui prend », confiait-elle à papa. « Elle a des lubies. » Elle se trompait. Simplement, je ne pouvais pas voir ces aiguilles.

Elle voulut m'apprendre à tricoter, mais je

refusai. Je n'approcherais pas de ces aiguilles, je les détestais, elles me faisaient horreur, je haïssais tous les objets pointus et j'avais de la chance de ne pas être chinoise, car comment aurais-je mangé ?

Je ne savais pas pourquoi elle avait besoin de tricoter, de toute manière elle ne *fabriquait* jamais rien. Elle restait là à aligner des rangs et des rangs, et à la fin de la soirée elle défaisait toutes les mailles et recommençait. « Ta grand-mère est la tricoteuse de la famille », disait-elle. Ce n'était plus vrai, elle avait renoncé quand j'étais petite et je ne voyais pas pourquoi maman devait suivre son exemple, comme s'il s'agissait d'une grande destinée à accomplir, en particulier quand elle n'avait aucun *don* pour cela.

« Pourquoi faut-il que tu tricotes tout le temps ? » lui demandais-je et elle haussait les épaules, comme si elle n'en savait rien elle non plus. Tricoter interminablement le même panneau vert était simplement une activité mécanique, clic, clic, comme celle d'un robot. « Ça occupe mes mains », expliquait-elle et cela me rendait si furieuse que Margaret se précipitait tel un taureau, hurlant : « Ne *DIS* pas cela ! Tais-toi ! Tais-toi ! Tais-toi ! »

Maman fondait en larmes, je courais me cacher sous les combles, Margaret disparaissait et je m'en voulais de l'avoir fait pleurer. Je la regardais par la fissure, elle était assise toute seule, tristement, et je souhaitais la voir se lever et *faire* quelque chose. « Va jouer *Stormy Weather* », mais elle ne bougeait pas. Ses aiguilles cliquetaient comme des coléoptères sur la moustiquaire et cela me troublait tant que je voulais mourir.

# 14.

Maman avait un carton plein de souvenirs rangé dans un coin du grenier, près des décorations de Noël, quelquefois je le vidais et, en fouillant dans son contenu je reconstituais notre histoire. Maman avait conservé tous nos bulletins de notes et toutes les cartes de fête des mères que nous avions fabriquées au cours des années, et des centaines de photographies de nous tous, avec un air si heureux que je ne pouvais croire qu'il s'agissait de nous.

J'aimais regarder les vieux clichés, surtout ceux où j'étais. Je suppose que c'était mal de ma part, et que cela prouvait à quel point j'étais égocentrique, mais je ne pouvais rien y changer, les photos où je me trouvais paraissaient plus intéressantes. Chaque étape de ma vie, fixée par l'appareil et reproduite sur un morceau de papier glacé, était transcrite ici, et j'éprouvais un sentiment de sécurité à me voir à l'âge de trois ans, debout devant la maison en compagnie de Donald, mon costume de vachère assorti à sa tenue de cowboy, ou bien perchée sur une chaise devant le plan de travail de la cuisine, en train de préparer un gâteau d'anniversaire pour maman. Les photos me rappelaient que j'étais réelle, que je l'avais toujours été et le resterais, que je n'étais pas juste une fille inventée par quelqu'un.

Chaque fois que je sentais venir un moment de folie, je me glissais sous les combles, je prenais les photos et je me regardais, assise sur le canapé, tenant Ruthie dans mes bras comme si elle avait été un nouveau jouet. Je semblais si heureuse et fière de ma petite sœur, comment pouvais-je être mauvaise au point de lui avoir fait croire qu'elle était un oiseau ? On ne voyait le mal sur aucune des photographies, je pensais que si j'avais été un démon, certains signes l'auraient prouvé ; une trace de cornes sur la tête, ou bien un X noir dessiné sur mon front. Mais j'avais l'air plutôt gentille, et c'était réconfortant, quoique surprenant.

Les seules images que je refusais de regarder étaient celles qui me représentaient bébé. Une fois j'en trouvai une avec la mention « Peggy, 15 mois » au dos et cela me troubla tant que je la déchirai en mille morceaux et la jetai aux cabinets. Ils avaient essayé de m'appeler Peggy, mais je m'y étais opposé. « Mon nom est Maggie », leur disais-je, et je piquais une crise si on m'appelait autrement. Je n'aimais pas non plus que papa me surnomme Boo et je me sentis offensée à un point extrême quand il nous apporta des bonbons qu'il baptisa Donniebar pour Donald, Ruthette pour Ruthie et Boobar pour moi. « L'éléphant Boobar », se moquaient les enfants à l'école, mais par chance je n'étais pas grosse et ne pris pas trop au sérieux ces taquineries.

L'album de maman se trouvait dans le carton à photos, avec toutes les coupures de presse de l'époque où elle était chanteuse. Elle aurait pu devenir une star. Elle avait chanté avec un grand orchestre de Detroit, Jimmy B. et ses trois trompettes, il y avait même une affiche avec un dessin de maman jeune et provocante. Elle me ressemblait, en plus jolie. Elle était très bonne : « Le nouvel oiseau chanteur de Jimmy B., Marion MacPherson, est l'alouette la plus mélodieuse qui soit venue se poser à Motor City », disait l'un des articles, mais elle abandonna tout quand grand-mère tomba malade et qu'elle dut revenir à North Bay pour s'occuper d'elle.

Malade, mon œil. Grand-mère n'était malade que lorsque cela l'arrangeait et je pense qu'elle faisait semblant, pour s'assurer que maman n'aurait pas de vie à elle. A mon avis, grand-mère était jalouse, elle ne supportait pas l'idée qu'un autre fût meilleur qu'elle et voulait empêcher sa fille de voler trop haut.

Maman n'était pas la seule. Grand-mère ne supportait pas que quelqu'un échappât à North Bay pour vivre sa vie dans le vaste monde. Je pense qu'elle se réjouit en secret le jour où miss Nolan revint avec ce morceau de caoutchouc blanc planté au milieu du visage, comme si quelqu'un lui avait fourré un œuf dur mayonnaise sur le nez. Grand-mère affirmait que les rêves de miss Nolan étaient la source de tous ses maux – elle avait voulu devenir une joueuse de golf professionnelle et avait passé chaque journée de sa vie à se consacrer à ce sport, l'été à North Bay et l'hiver en Floride. « A faire cuire son nez au soleil au lieu d'avoir une activité *utile* », disait grand-mère. « Elle voulait devenir quelqu'un et regardez ce qui lui est arrivé. »

Maman pensait que miss Nolan aurait réussi sans ce cancer qui lui dévorait le nez. Elle était allée jusqu'au tournoi de LPGA* en 1952 et avait obtenu la onzième place, réalisant le score de 318 pour 72 trous. « Je peux y arriver, la taquinait papa, en seulement *neuf* trous. »

Elle avait sacrifié sa vie pour le golf, et poursuivi son rêve obstinément, éconduisant les prétendants qui recherchaient sa main, et éliminant toutes les chances de devenir, comme le disait grand-mère, ce qu'elle était *censée* être, non ce qu'elle *voulait* être. Maintenant il était trop tard pour toutes ces choses. « Elvira Nolan est l'une des personnes les plus charmantes que je connaisse », observait maman. « Mais regardons les faits en face : Qui a envie de se réveiller à côté d'un nez pareil ? »

Jamais grand-mère ne disait : « C'est ce qu'on gagne à vouloir voler trop haut », mais les mots planaient dans l'atmosphère, ils flottaient au-dessus de sa tête comme un petit ballon de pensées. Elle ne souhaitait pas le succès d'autrui et je la considérais comme la femme la plus méchante au monde, mais papa disait que je devais comprendre. « Elle a eu une vie difficile, Boo », répétait-il mais je m'en moquais, je pensais que cela ne lui donnait pas le droit d'envier la vie des autres gens.

L'existence de grand-mère avait été dure parce que son mari était mort quand maman avait à

* Ladies Professional Golfer's Association.

peine deux ans. L'arrière-grand-mère MacPherson prit soin d'elles deux, bien qu'elle détestât grand-mère, elle leur avait donné de l'argent et un endroit où habiter, mais grand-mère ne s'était jamais remariée et elle prétendait que c'était la faute de maman, personne n'aurait voulu épouser une femme avec un enfant pendu à ses jupes. J'avais plus pitié de maman que d'elle – c'était déjà désagréable de passer quelques mois avec grand-mère, mais ç'aurait été bien plus terrible si ma famille ne m'avait pas servi de tampon à certains moments. La pauvre maman avait dû rester seule avec elle, sans père pour la protéger, ce devait être épouvantable.

Maman ne chantait plus, sauf à Noël quand elle avait un peu bu et devenait nostalgique ; nous entonnions des noëls et elle ouvrait le siège du piano et chantait les vieux airs de l'orchestre, c'était merveilleux, elle avait une voix haute et douce, je lui suggérais de reprendre sa carrière mais elle refusait d'essayer.

Elle voulait que je devienne chanteuse comme elle, mais c'était sans espoir. D'abord je n'avais pas d'oreille, comme le faisait remarquer grand-mère chaque fois qu'elle m'entendait. L'année précédente, quand j'avais chanté au concours amateur, je l'avais vue dans le public, le nez plissé comme si elle avait été assise sur un tas de merde, penchée vers maman pour lui chuchoter « Dehors » ou quelque chose dans ce genre. La pauvre maman était blanche comme une palissade, pétrifiée par la honte, et j'eus envie de m'enfuir de scène et de me fourrer la tête dans la cuvette des cabinets, mais que faire ? J'étais déjà là, la tête pleine de brouillard, l'orchestre jouait *I'm Gonna Wash That Man Right Outta My Hair*, aussi au lieu de m'efforcer d'imiter la voix de Mary Martin, je me concentrai sur les mouvements, prenant un départ loufoque et improvisant un numéro comique, je ratais délibérément les notes et feignais d'avoir du savon dans les yeux. Les gens riaient comme des fous et quand j'eus fini miss Hildegarde me dit que cela avait été le clou du spectacle et tout le monde me félicita, sauf grand-mère qui me demanda comment j'avais pu oser me couvrir à ce point de ridicule. Et sauf maman, si stupéfaite qu'elle dit seulement : « Mais, Maggie, tu as une si *jolie* voix quand tu veux, pourquoi as-tu *fait* une chose pareille ? »

Je n'avais pas du tout une jolie voix. *Elle*, si. Ma voix, même aux meilleurs moments, était âpre et bruyante. J'avais été premier soprano, mais après mon opération des amygdales on me relégua dans les altos.

Dieu merci, papa n'était pas là. Il avait prétexté du travail, mais nous savions tous qu'il profitait de l'occasion pour rester à la maison et jouer avec ses soldats. Cela m'aurait blessée si j'avais cru être bonne, mais comme je savais déjà n'être qu'un clown, il valait mieux qu'il ne vienne pas.

Ce fut ma dernière apparition au concours amateur. Cette année je n'avais même pas passé d'audition parce que j'étais en disgrâce, de toute manière j'aurais dû quitter la scène au milieu des huées avant de commencer. « Voici la petite Pittsfield, celle qui a provoqué toutes ces histoires », auraient dit les gens, avant de quitter leur place et de partir, refusant de se trouver dans la même salle que moi.

J'entendis la porte de la véranda s'ouvrir, puis la voix de grand-mère qui rentrait pesamment dans la maison, et je me sentis triste et en colère. J'aurais aimé qu'ils rentrent plus tard, qu'ils reviennent dans quelques années, me laissant le temps de vivre ma vie et de me racheter.

Goober lut dans mes pensées, comme toujours, elle se leva du tas de vêtements sales sur lequel elle dormait et se glissa sous les combles pour se coucher sur mes genoux. Je sentais Sarah venir, elle voulait pleurer un bon coup, et je ne luttai pas. Qu'elle pleure donc, pensai-je en posant ma tête sur le carton de souvenirs de maman, et elle fondit en larmes.

# *15.*

Quand je me réveillai, c'était déjà le matin et j'avais atrocement mal au cou pour m'être servie d'un carton comme oreiller, ce qui me mit encore de plus mauvaise humeur que d'habitude. J'étais vraiment grognon le matin et c'était le seul défaut que mes six parties ne me reprochaient pas, uniquement parce qu'aucune d'entre *elles* n'avait envie d'affronter la journée.

Grand-mère était assise à la table, grondant Ruthie qui se penchait sur son bol de céréales et lapait son lait comme un chien.

« *Celle-ci* non plus ne semble pas normale, disait-elle. Cela doit venir du côté de Robert. »

Je me cachai derrière les portes en bois ajouré qui séparaient la salle à manger du coin réservé au petit déjeuner, fis signe à Donald de se taire, et tendis lentement le bras, l'agitant dans l'air comme un serpent. J'émis des sifflements en atteignant la tête de grand-mère.

« Haaaah ! » cria-t-elle en bondissant de sa chaise, la main dans les cheveux. « Vilaine fille ! »

Donald rit si fort qu'il en attrapa le hoquet, et grand-mère sortit de table.

« Marion, qu'est-ce que tu élèves donc ? s'écria-t-elle. Des enfants ou des animaux de zoo ?

– Qu'est-ce qu'elle fiche ici ? » murmurai-je à Donald. « Je croyais qu'elle devait aller à Detroit avec miss Nolan.

– Ça ne te concerne pas, mademoiselle l'impudente », intervint grand-mère tandis que maman m'apportait un verre de jus d'orange. Grand-mère, debout au milieu de la cuisine, me foudroyait du regard en rongeant ses ongles rouges, j'aurais aimé avoir une baguette magique et la faire disparaître, l'expédier dans un monde lointain où les gens seraient encore plus méchants qu'elle et la pourchasseraient sans relâche, disant : « Qu'est-ce qui te fait croire que tu es si spéciale, mademoiselle je-sais-tout ? »

Je ne pleurerais même pas sa mort. C'était méchant de ma part, mais je ne pouvais pas m'en empêcher. Elle avait vécu assez longtemps, elle avait passé de longues années à nous tourmenter maman et moi. Je ne voyais pas pourquoi c'était mal de souhaiter qu'elle s'endorme un soir pour ne jamais se réveiller. Tout le monde meurt un jour et elle avait près de soixante-dix ans, elle avait vécu assez longtemps, elle devait laisser la place aux autres.

J'allais payer de telles pensées – Cotton Mather montait déjà en chaire et s'apprêtait à attaquer, à me menacer de l'enfer et de pis encore, mais je ne pouvais réduire mon esprit au silence. Ce n'étaient que des pensées, dans la Bible ne figurait aucun commandement du genre, Tu ne souhaiteras pas la mort de ta grand-mère, en fait on n'y parlait même pas d'*honorer* sa stupide grand-mère, seuls le père et la mère méritaient un tel égard et j'essayais tant bien que mal de m'en souvenir, même si je n'étais pas très douée.

« Dieu sait tout ce que tu penses, dit Cotton Mather, et tu vas souffrir pour tes vilaines idées.

– Oh, fiche-moi la PAIX ! » criai-je et Donald faillit bondir de sa chaise. « Je n'ai rien fait ! Je n'ai rien fait ! » protesta-t-il quand maman voulut savoir ce qui se passait, pour l'amour de Dieu, et Ruthie fondit en larmes, grand-mère restait là à ronger ses maudits ongles en me fixant.

« Tu ne dois pas aller en classe ? » demanda-t-elle, je repoussai ma chaise et saisis mon cahier.

« Occupe-toi de *tes* oignons ! » hurlai-je, et je m'enfuis par la porte de la véranda tandis que maman m'appelait : « Maggie ! Ton petit déjeuner ! Les gens vont penser que je ne te *nourris* pas ! »

Goober me suivit avec des sauts de joie, il n'était pas permis d'aller à l'école accompagné de son chien mais je le faisais toujours parce que j'aimais la trouver qui m'attendait à la sortie. Les règles étaient un peu moins strictes l'été ; on permettait même aux filles de porter des shorts, ce qui me convenait parfaitement parce que j'en avais toujours sur moi, même pendant le reste de l'année scolaire, pour que personne ne regarde sous ma jupe.

Goober et moi nous courûmes en direction de la

maison des Sisk. Je voulais m'arrêter à la chapelle et avouer mes pensées à leur Vierge, afin que Cotton Mather le puritain me laisse tranquille pour la journée. C'était sans doute *mal* de ma part d'être insolente, mais je considérais cela comme un devoir – personne d'autre ne tenait tête à grand-mère et il fallait bien que *quelqu'un* s'en charge. J'étais déjà le mouton noir, et je suppose qu'on comptait sur moi pour jouer ce rôle. Les autres ne faisaient rien ; Ruthie s'envolait au Pays des oiseaux et Donald l'ignorait. Elle le laissait tranquille, sans doute parce que c'était un garçon. Ce devait être merveilleux d'avoir la paix, d'être autorisé à manquer le dîner, à porter des vêtements sales et ne jamais être poursuivi dans la maison par maman brandissant une stupide robe en dentelle : « Tu ne veux pas ressembler à une *jeune fille* ? » disait-elle. Merveilleux d'être indépendant, d'aller seul dans toutes sortes d'endroits, d'être assez fort pour se protéger – si j'avais été un garçon, personne ne m'aurait jamais touchée. J'aurais pu être ce que je voulais, personne ne m'aurait embêtée : « Une *dame* ne fait pas ci et une *dame* ne fait pas ça, tu ne veux pas devenir une *dame* ? » Non ! Non, je ne le voulais à aucun prix ; je refusais d'apprendre à aimer ce que je n'aimais pas.

Tom Ditwell sortait de chez lui au moment où je passais et je soupirai. Maintenant j'étais coincée, je devrais marcher avec lui jusqu'à l'école et je ne pourrais pas me confesser.

Tom était le seul élève des cours d'été à être à la fois un délinquant *et* un imbécile. Je ne le croyais pas aussi stupide qu'il le paraissait ; il était capable de retenir par cœur tout ce qu'il entendait en quinze secondes, et quand on lui montrait quelque chose, il le saisissait immédiatement. Il se rappelait mot pour mot toutes les histoires que sa mère lui avait lues quand il était petit. Ce n'était pas un signe de bêtise, mais les faits étaient les faits, Tom se trouvait en sixième et ne savait pas lire. D'après moi il souffrait d'une cécité psychique qui se manifestait uniquement lorsqu'il essayait de lire, cela datait sans doute du temps où il était petit et allait à l'école catholique, les sœurs avaient dû lui enseigner l'alphabet de force.

« Hé, Maggie ! cria-t-il. Attends-moi ! »

Il sauta par-dessus la barrière et arriva en courant.

« Tu as fini ton devoir sur les héros ? » demanda-t-il, je secouai la tête et répondis que je songeais à changer de personnage mais que je n'avais pas de nouveau héros.

« Est-ce que je peux avoir l'ancien si tu n'en veux pas ? » suggéra-t-il, et j'eus pitié de lui – il était *vraiment* stupide s'il pensait que Mr Blake croirait qu'il avait écrit un devoir sur Jules César.

« Non », dis-je, mais il parut si chagriné que je proposai de lui trouver quelqu'un d'autre. « Je prendrai Rocky Colavito pour toi », dis-je, il jeta ses livres en l'air et voulut me serrer dans ses bras mais je m'écartai.

« En plus de tout le reste, tu es une tricheuse », m'accusa Cotton Mather, mais il se trompait. Je rassemblerais les informations, je rédigerais le devoir, Tom l'apprendrait par cœur et ferait semblant de le lire en classe, ce serait comme s'il l'avait écrit lui-même, puisqu'il le *saurait*, le fait que j'avais cherché les renseignements à la bibliothèque ne changerait rien.

« Tu vas être dans le défilé ? » demanda-t-il et je soupirai. Le défilé, le défilé, le défilé, les gens étaient incapables de parler d'autre chose, comme si c'était important, alors qu'il y en avait un *chaque* année.

« Non », dis-je, et Tom m'apprit qu'il se trouverait sur le char de son père.

« Je vais être une bougie », déclara-t-il avec fierté et il eut l'air vexé quand j'éclatai de rire, je ne voulais pas le blesser, c'était drôle, tout simplement.

« Ton père n'a pas de char ? » demanda-t-il et je secouai la tête. Papa n'avait jamais eu de char dans le défilé. Au lieu de cela, il installait un stand à la fin du parcours et distribuait des bonbons aux marcheurs qui perdaient leurs forces. « Ils sont fatigués, expliquait-il. Ils ont besoin d'un petit remontant.

– Tu peux sûrement venir avec nous, proposa Tom. Je crois qu'il nous faut encore un cylindre. »

Je répondis non merci. Même si j'étais ensevelie sous un costume, les gens me reconnaîtraient sous la bannière DITWELL-ACCESSOIRES AUTO, ils siffleraient et me jetteraient des tomates pourries et la journée de Tom serait gâchée.

Nous approchions de McKinley et je tressaillis quand je sentis la douleur dans mon derrière. Elle se produisait chaque jour, dès l'instant où je pénétrais dans l'enceinte de l'école, et je passais toute la matinée dans d'atroces souffrances. Cela avait commencé juste après le Problème. Je n'en avais parlé à personne ; je subissais cela, simplement, imaginant qu'il s'agissait d'une sorte de châtiment. La douleur se manifestait seulement à l'école, et bien que ce fût horrible, comme si un tesson de verre avait été planté dans mes fesses, je la supportais. C'était tolérable quand je me tenais debout, mais je croyais mourir si je devais m'asseoir. J'appris à me baisser lentement, en gardant mon dos et mes jambes le plus droits possible, et je finissais à demi assise, à demi vautrée sur ma chaise, les professeurs disaient : « Maggie ! Redressez-vous ! » et j'obéissais, me retenant de vomir à cause de la douleur, pour prendre la position exigée.

Dès que retentissait la dernière sonnerie, je bondissais de mon siège et la douleur disparaissait. Alors quelque chose de pire se produisait. Je ne pouvais plus utiliser les toilettes de McKinley ; j'étais trop terrorisée pour y entrer, aussi je rentrais chez moi seule, m'assurant que j'étais seule, je me cachais pour attendre que tout le monde soit parti et à mi-chemin, je faisais pipi dans ma culotte. Le liquide coulait le long de mes jambes, chaud et ignoble, et je souhaitais être morte. Je ne pleurais jamais durant cet épisode – ni quand la douleur me transperçait le derrière comme un couteau, ni au moment où, honteuse, je me souillais comme un bébé. Je pensais que c'était une épreuve à surmonter.

Je rentrais à la maison, je retirais ma culotte trempée et la cachais sous les combles, avec celles que j'avais tachées pendant mes règles. Je refusais de porter ces horribles serviettes, je saignais et dissimulais les preuves. « Tu consommes plus de culottes que n'importe qui d'autre », disait maman. « Que leur arrive-t-il donc ? » Je haussais les épaules et répondais que quelqu'un avait dû les voler dans mon casier au Golf Club.

« Reste là », dis-je à Goober quand nous parvînmes au terrain de baseball. « Je reviens tout de suite. »

Elle agita la queue et se coucha, parfaitement immobile, je me demandais toujours si elle restait là toute la matinée, ou si elle reniflait le vent et rendait visite à d'autres chiens, puis revenait à temps pour m'attendre.

Je n'avais des cours que le matin. Je suppose qu'ils avaient considéré que m'obliger à me lever tôt tout l'été était une punition suffisante. C'était incroyablement ennuyeux – nous ressassions ce que nous avions déjà appris et j'avais envie de bondir en hurlant : « Tippecanoe et Tyler* aussi, bande d'idiots ! » C'était mal de ma part de me montrer impatiente avec les autres, après tout ils étaient là parce qu'ils avaient échoué, non pour une question de discipline.

Je ne causais pas trop d'ennuis à Mr Blake. Je me tortillais comme un ver sur ma chaise, attendant la fin de la matinée. Une fois par semaine, miss Dickerson venait, et je devais me rendre à l'infirmerie dès mon arrivée et passer une heure avec elle tandis qu'elle essayait de me faire parler. « Nom, rang et matricule », chantonnais-je en longeant son couloir d'un pas traînant. « Nom, rang et matricule. » Je ne lui donnerais rien d'autre.

* Slogan des élections présidentielles de 1875 aux États-Unis (*N.d.T.*).

D'une certaine manière, j'aurais aimé lui parler. C'eût été un tel soulagement de me confier à quelqu'un d'autre que Goober et la Vierge des Sisk, mais je ne pouvais pas lui faire confiance. Elle ne me croirait pas de toute façon, et si elle me croyait, que ferait-elle ? Elle dirait que j'inventais tout puis elle irait voir mes parents et je serais de nouveau punie pour avoir brisé la sacro-sainte loi du silence, et personne ne me protégerait, alors pourquoi prendre cette peine ?

« Comment se passe votre été ? » voulait savoir miss Dickerson et je haussai les épaules. Qu'imaginait-elle ?

« Que faites-vous ? » demanda-t-elle et je répondis : « Je vais en classe.

– Mais vous faites sûrement autre chose », suggéra-t-elle. Elle était toujours si calme, je n'arrivais pas à le croire. Cela m'inspirait de la méfiance, personne ne pouvait être aussi calme. A l'intérieur d'elle-même, elle avait sûrement envie de me taper sur la tête avec sa serviette.

« Je construis un fort dans la forêt », dis-je et elle observa que ce devait être amusant.

« Ça l'est, répondis-je. Je cherche quelque chose. »

Elle haussa les sourcils. « Quoi ? » voulut-elle savoir et je dis que c'était une surprise.

« Comment se passent vos cours ? » poursuivit-elle, essayant de me soutirer des informations.

« Ils me font mal au derrière.

– Oh ? » dit-elle, s'efforçant de paraître nonchalante. « Et pourquoi donc ? »

Je soupirai. C'était *son* métier de trouver les

réponses. Pourquoi avait-elle besoin que je les lui donne ?

« Parce que ça me rappelle Mr Howard, voilà pourquoi.

– Et pourquoi le fait de penser à Mr Howard devrait-il vous faire mal au derrière ? » m'interrogea-t-elle mais je restai bouche cousue. J'en avais déjà trop dit. En outre, je l'ignorais. Pourquoi n'avais-je pas plutôt mal à la tête ou au bras, puisque c'était la partie de mon corps qu'il avait meurtrie, pourquoi pas ma jambe ou mon pied ? Et comment expliquer le problème qui m'empêchait de faire pipi à McKinley ? Je n'y comprenais rien et je ne lui confierais plus rien.

Je haussai les épaules et elle me regarda, j'éprouvai de la pitié pour elle parce qu'elle semblait vraiment vouloir m'aider, mais je refusais de coopérer. C'était contre mes principes.

« La séance est presque terminée », annonça-t-elle. « Vous avez autre chose à me raconter ? »

Je répondis que j'avais une question à lui poser et elle dit qu'elle m'écoutait.

« Combien de temps dois-je continuer à faire ça ?

– Faire quoi ?

– A vous parler et tout ça.

– Vous n'aimez pas me parler ? » demanda-t-elle, comme les adultes qui ne répondent jamais à vos questions mais les retournent contre vous.

« Vous n'avez pas répondu », insistai-je et elle sourit en imitant mon haussement d'épaules buté.

« Je n'en sais rien », dit-elle et la sonnerie retentit.

## 16.

Miss Dickerson disait que j'avais un complexe d'infériorité, mais grand-mère affirmait qu'elle n'avait jamais rien entendu de plus bête.

« Elle considère que rien n'est assez bon pour elle », déclarait-elle. « Pas l'inverse. »

Je suppose que grand-mère parlait plus d'elle que de moi, ce qui était chose courante dans notre famille. Qui parlait d'autrui parlait en réalité de soi-même. Les autres me regardaient et se voyaient eux-mêmes, tout ce que je faisais était interprété à travers leurs propres sentiments, personne n'envisageait que je pouvais avoir une sensibilité différente de la sienne. Quand je voulais être seule, maman croyait que je désirais cacher ma solitude, papa que j'étais indépendante et grand-mère que j'étais égoïste et arrogante. Ils ne songeaient même pas à me *poser* la question, ils connaissaient la réponse, et auraient ri aux éclats si je leur avais dit que j'aimais être seule parce que c'était le seul moment où je pouvais être moi-même.

C'était difficile de ne pas savoir qui j'étais ou ce que j'étais, ce qui m'appartenait et ce qui était seulement un trait génétique, transmis comme un héritage poussiéreux. Quand je réussissais quelque chose, ils se battaient comme des chiens qui se disputent un os. « Elle tient de *moi* », s'écriaient-ils et je me sentais vide et bête, comme un bol modelé en classe de poterie pour contenir leurs gènes si extraordinaires. Quelquefois ils cherchaient à me faire concurrence – je rentrais de l'école avec mon petit dessin naïf et un bon point et maman disait : « C'est très bien, chérie, est-ce que je t'ai raconté la fois où j'ai obtenu le prix d'art de la Michigan School ? J'avais à peu près ton âge... » et je regardais ma petite fille qui souriait sous son arbre, et j'avais honte. Je montais dans ma chambre, me demandant pourquoi le professeur m'avait donné une récompense pour un dessin aussi puéril et stupide. Elle voulait se montrer gentille, pensais-je avec rancune, regrettant de ne pas avoir eu la mauvaise note que je méritais.

Même papa avait besoin de rivaliser avec moi. « C'est le système américain ! » disait-il, mais pas avec son *propre enfant* ! Quand je rentrai à la maison en annonçant que j'avais été choisie pour le programme-pilote il me tapota la tête et me déclara que je tenais de lui, il avait suivi un rythme si accéléré qu'il avait sauté trois classes.

Quand j'échouais, ils ne me connaissaient plus. Personne ne revendiquait mon mauvais caractère, mes crises, mon manque de respect. Ils se comportaient comme si j'avais atterri d'une autre planète ou bien ils mettaient ma mauvaise conduite sur le compte de gènes égarés dans la famille de l'autre – le cousin cinglé de papa, Leroy, ou la tante Rachel de maman, qui s'était enfuie avec un Indien de l'Inde et n'avait jamais plus donné de ses nouvelles.

Ce n'était pas bien de ma part de m'énerver autant à ce sujet. « Oh, la belle affaire », disait Cindy quand je m'en plaignais. « Les parents de tout le monde sont comme ça. De quoi te plains-tu ? Tu es la fille la plus heureuse de North Bay ! »

J'imagine que c'était vrai. Mes parents étaient habituellement très gentils avec moi, sauf lorsque grand-mère était là et que maman semblait possédée par les extra-terrestres. On avait l'impression que grand-mère s'emparait de son âme et que maman me faisait toutes les méchancetés que sa propre mère lui infligeait, non parce qu'elle le voulait, mais parce qu'il le *fallait*. Elle ne pouvait pas s'en empêcher et n'en avait pas l'intention et je savais qu'elle se sentait coupable ensuite. Elle pleurait et essayait de se rattraper, mais jamais elle ne disait qu'elle regrettait. Elle aurait alors admis qu'elle m'avait blessée, et elle en était incapable.

Ce n'était pas sa faute. Elle avait été poursuivie par la malchance, en perdant son père, puis en vivant avec sa mère, et cela se lisait dans chacun de ses gestes. « Si seulement », disait-elle, « si seulement ceci ou cela. » Elle mangeait et respirait « si seulement » ; elle s'en enveloppait comme d'un parfum – elle évoluait dans la maison, laissant dans son sillage une légère odeur de regret, de perte, de promesse jamais tenue et je détestais cette odeur. Pire qu'un putois, que les excréments d'un chien, que la maison pleine d'ail de Frank Risdesky, que la chambre de la grand-mère de Hillary Kiley, où se mêlaient la poudre et la pourriture, le désinfectant couvrant l'odeur de mort, celle de la vie en décomposition.

Elle planait sur notre maison tel le brouillard. Elle pénétrait dans nos pores. La nuit, elle s'introduisait sous les portes et imprégnait nos rêves. Maman serait morte de honte si elle l'avait su, car elle voulait par-dessus tout nous assurer une vie meilleure que la sienne. Si elle avait deviné qu'elle ne la dissimulait pas derrière ses sourires faussement joyeux, son impatience à affirmer que tout était formidable, elle aurait été horrifiée. Elle se serait enfermée dans une bulle hermétique et jetée dans le lac, pour nous protéger de ses propres vibrations. « Je fais cela pour vous », dirait-elle en nous saluant derrière la lunette en plastique. « Ne vous inquiétez pas pour moi. Tout va bien, vraiment. » Nous nous mettrions à sangloter, nous demandant qui préparerait le dîner, qui panserait nos plaies, qui sortirait le pulvérisateur quand nous avions une angine, qui ferait nos lits. « Oh, votre père trouvera quelqu'un pour me remplacer », murmurerait-elle, l'écho de sa voix se perdant au fond de l'eau. « Vous n'avez pas besoin de moi. » Et elle plongerait, suivie seulement de quelques bulles d'air qui remonteraient à la surface.

Cela aurait pu être pire. Au moins mes parents ne ressemblaient pas à l'ex-papa de Cindy ni à Mrs Moore, ni encore à Mr Ditwell, qui rentrait du travail et jetait les amis de Tom par la porte de derrière, comme des arbres de Noël desséchés.

« Nous voulons juste ton bonheur », dit maman

la première fois où ils menacèrent de m'envoyer en pension. Il y avait du vrai et du faux dans ses paroles. Une partie d'elle voulait se débarrasser de moi, m'éloigner de sa vue pour cesser d'avoir constamment mauvaise conscience. Une autre partie pensait réellement que cela me rendrait heureuse d'aller dans une école pour filles riches de la côte Est, mais elle se trompait, cela ne ferait pas *mon* bonheur, mais le *sien*. Elle voulait m'envoyer dans un établissement où j'apprendrais à devenir une dame et où je fréquenterais des filles de bonne famille. Où je recevrais une éducation de qualité et émaillerais mes conversations de citations d'Homère. Où je serais invitée au premier bal d'une amie. Maman était obsédée par cette idée. Elle pensait que tous ses malheurs venaient de ce qu'elle n'avait pas fait une entrée convenable dans la société : s'il en avait été autrement, sa vie aurait été différente.

Les filles n'entraient pas dans le monde à North Bay, ce qui valait mieux, parce que papa était contre. « Quelle absurdité », aurait-il dit. « Nous *connaissons* déjà tous les gens qui sont dignes de l'être. » Au lieu de cela ils organisaient des soirées « Sweet Sixteen » dans l'un des clubs de golf, un événement que je redoutais malgré les trois années et un mois qui m'en séparaient. Avec un peu de chance, je n'en aurais plus besoin maintenant que j'étais devenue une paria.

# 17.

Tom Ditwell voulait rentrer avec moi, mais je ne pouvais pas risquer cela. Et si je faisais pipi dans ma culotte devant lui ? Il le raconterait à la terre entière et les gens me détesteraient encore plus.

« J'ai une leçon de piano », mentis-je, il répondit qu'il ignorait que j'apprenais à jouer de cet instrument.

« Oh si, dis-je. Je veux devenir concertiste. »

J'adorais mentir ainsi, quand les mots me venaient avec une telle aisance que j'y croyais moi-même. En vérité, j'avais pris trois leçons à l'âge de six ans, mais maman m'avait retirée du cours parce que je mordais le professeur.

« Bon, n'oublie pas Rocky, hein ? » demanda-t-il, et je promis que non. Il partit rejoindre Billy Jensen et Kenny Costello et je restai là à les observer, pour découvrir de quel côté ils iraient de façon à prendre le chemin opposé.

« Allons, Goob », criai-je, et elle bondit en avant. Nous coupâmes par les bois derrière chez les

Donaldson et j'attendis un moment devant les marais, me demandant ce qui se passerait si j'y pénétrais directement. Peut-être serais-je engloutie dans un monde visqueux et me transformerais-je en mutant, comme la Créature de la lagune noire, et passerais-je le reste de ma vie à guetter les écoliers pour leur faire peur. C'était probablement ce qui allait m'arriver – une aventure obscure dans ce genre. J'avais aussi peu de chances de devenir une Créature que la première femme gouverneur du Michigan.

Je décidai de me rendre au fort et de guetter le Pervers, bien que cela m'effrayât de l'affronter seule. Le but de toute cette surveillance était de le prendre sur le fait, de sauver sa victime et de le traîner en justice, et je n'étais pas sûre de pouvoir y réussir seule. Ce serait sa parole contre la mienne, et qui *me* croirait ?

« Elle ment », avait dit Mr Diller à mes parents, après le Problème. « Elle a inventé cette histoire. »

Mes parents étaient assis sur les deux chaises en skaï face au bureau de Mr Diller, et moi, en retrait, sur un banc bas en plastique. Je regardais la photographie du président Kennedy sur le mur derrière Mr Diller et je me demandai si on m'accepterait dans le Peace Corps. Probablement pas, on jetterait un coup d'œil à mon dossier et on dirait : « Ceci est le Peace Corps, nous ne voulons pas d'agitateurs comme vous. »

Papa était furieux : « Je veux qu'il soit renvoyé ! » cria-t-il. « Je veux qu'il quitte l'Académie. »

Maman était blanche, plus blanche que

Mrs Moore, et que le nez de miss Nolan. Elle était assise comme une dame, les chevilles croisées, un bouquet épinglé au revers de son tailleur bleu marine, comme si elle assistait à un thé et non à mon exécution.

Mr Diller trônait à son bureau, et sa face ronde et joufflue, habituellement si joviale, était fripée comme un pamplemousse pourri.

« Je suis désolé, Mr Pittsfield, dit-il, mais je crains que ce ne soit la parole de Maggie contre la sienne et je le crois lui. Maggie... eh bien, Maggie *exagère*. »

Maggie exagère. Maggie a beaucoup d'imagination. En d'autres termes, Maggie est cinglée.

Maman baissa la tête et papa se mit à fulminer. « Je ne peux pas croire qu'elle ait inventé cette histoire ! » hurla-t-il. « A mon avis *il* ment et je veux qu'on le renvoie ! »

Pour moi, il ne suffisait pas de le renvoyer. Je voulais sa mort. Je voulais qu'il soit marqué au fer rouge et fouetté, attaché à la hampe du drapeau pendant tout un mois, je voulais qu'il soit hué par la foule et criblé d'œufs pourris. Je voulais qu'il disparaisse pour toujours de la face du monde.

« L'affaire est close », déclara Mr Diller, se levant de sa chaise pour congédier mes parents comme des enfants désobéissants. « Merci d'être venus. »

C'était en avril. Du programme-pilote à la détention d'été, en deux mois seulement. Grand-mère fut ravie d'apprendre la nouvelle quand elle arriva. « J'imagine que cela va te faire oublier tes grands airs, mademoiselle la-première-femme-gouverneur-du Michigan », s'écria-t-elle joyeusement, et je souhaitai qu'un ouragan l'emportât aussitôt par la fenêtre pour la précipiter sur Alcatraz.

Je coupai par les bois des Donaldson puis traversai Joseph Avenue pour entrer dans la forêt d'Edison. Je passai discrètement dans la cour des Tucker et j'entendis Cindy et sa bande dans le garage, les filles hurlaient et s'amusaient comme des folles en fabriquant des fleurs en papier hygiénique pour le défilé. Je me demandai si Ginger Moore était là et cela me fit de la peine de l'imaginer assise en tailleur sur le sol avec un rouleau de papier jaune, riant et plaisantant, perdue pour moi à tout jamais.

C'était un char stupide, de toute manière. Elle faisait la même chose chaque année – il y avait un tipi et un grand fauteuil décoré comme un trône, où Cindy s'asseyait, vêtue en princesse indienne, entourée de ses squaws couvertes de sacs marron, le plus sales possible, qui l'éventaient avec des feuilles de palmier en carton. C'était dégoûtant.

C'était en réalité le char de son grand-père, mais il avait un magasin de sport et je ne saisissais pas le rapport avec les Indiens. Il n'y avait pas un seul Indien à 100 kilomètres à la ronde et personne ne savait lesquels avaient vécu ici, bien que le musée local eût fait des fouilles pour le découvrir. Mr Hilliard m'en avait parlé, avant d'être chassé de North Bay. On savait seulement qu'il s'agissait de Potawamis, d'Ottawas ou de Chippewas, mais les Français les avaient soit assassinés, soit expédiés vers l'Ouest. Je jugeais insultant d'avoir un char plein de filles blanches qui prétendaient être des

Indiennes et si j'avais été chippewa, je les aurais scalpées.

Je me frayai un chemin dans les bois, en direction du fort, me demandant à quoi ressemblait le Pervers quand il menait une vie normale. Il pouvait être n'importe quoi – médecin, commerçant, éboueur ou mécanicien. C'était peut-être une femme : une mère de famille, un professeur ou une esthéticienne. « Pourquoi devient-on pervers ? » demandai-je à Goob, je regrettai que Ginger se soit mise à me détester, j'aurais aimé en parler avec elle. Ma théorie était la suivante : quelque chose de terrible était arrivé au Pervers dans son enfance et il avait fait un blocage, mais de temps en temps, quand les rayons de lune l'atteignaient, il éprouvait le besoin irrésistible de répéter cet acte, sans savoir ce qu'il faisait. Il ignorait même qu'il était en train d'infliger à quelqu'un d'autre ce qu'il avait subi, parce qu'il avait tout oublié. Ensuite il se haïssait, mais quand il se trouvait dans cet état particulier, il était incapable de se contrôler – il devait trouver une victime, pour transmettre sa souffrance, en quelque sorte.

J'avais presque pitié de lui, mais cela ne signifiait pas que je ne lui souhaitais pas d'être couvert de goudron et de plumes et pendu par les ongles des gros orteils devant la prison du comté. C'était son devoir de s'enfermer dans sa salle de bains jusqu'à la fin de sa crise dès qu'il sentait venir cette vilaine angoisse, et s'il ne pouvait pas se contrôler il devrait s'en prendre à lui-même. C'était injuste de s'attaquer à une enfant incapable de se protéger, cette femme devait garder sa perversion en elle au lieu de la répandre comme la lèpre, de transformer ses victimes en perverses potentielles, c'était injuste et il fallait la punir, lui montrer ce qu'elle faisait parce que elle seule pouvait se maîtriser.

Je me demandai si Mr Howard était un Pervers. Je n'en étais pas sûre, mais j'avais failli le découvrir et du moins j'avais réussi à m'échapper, même si par la même occasion j'avais perdu le droit de suivre le programme-pilote. Je m'en moquais ; ce n'était pas si important que cela, simplement cela permettait d'apprendre le journalisme et l'espagnol au lieu de lire.

Je le détestais. Je le détestais. Je fermais les yeux et je le voyais, assis sur le bord de son bureau, les jambes écartées, avec son truc gonflé dans son pantalon, sous le nez de tout le monde. « Mr Howard a mis une banane dans son slip », avait déclaré Cindy mais je savais que c'était bien à lui. Je haïssais ce truc ; je le haïssais lui et je me demandais pourquoi personne ne l'obligeait à arrêter – pourquoi ne s'asseyait-il pas derrière son bureau comme un professeur normal, pourquoi ne tournait-il pas le dos quand il était au tableau, pourquoi ne serrait-il pas ses jambes stupides, ou ne les croisait-il pas ? Pourquoi fallait-il qu'il se perche là et nous oblige à fixer son truc pendant une heure entière – comment pouvait-on se concentrer sur le sujet alors qu'il s'exhibait sous notre nez ?

Je le haïssais avec une passion incontrôlable. Je voulais que Dieu le foudroie, je lui souhaitais de traverser le plancher et de descendre droit en enfer, je rêvais de le voir cuire comme un cochon à la broche dans une fête hawaïenne, je désirais que ses yeux tombent de ses orbites, que ses bras se détachent, que son truc se ratatine comme un ver malade : alors, que lui resterait-il à nous montrer ?

Cindy ne comprenait pas pourquoi cela me perturbait à ce point. Elle trouvait cela hautement comique et dessinait des petits croquis de lui, un tas d'os et une énorme banane, elle nous les passait à Ginger et à moi, nous riions comme des folles, Mr Howard se mettait en colère et c'est ainsi qu'ont commencé mes problèmes à l'école. Il était perché, comme d'habitude, sur le bord de son bureau, son pantalon si serré qu'il paraissait sur le point de craquer, et son maudit truc qui gonflait dessous. Cindy s'est penchée et s'est mise à chanter : « Oui, nous n'avons pas de bananes », et je n'ai pas pu résisté, j'ai éclaté de rire, Mr Howard a sauté de son bureau et m'a désignée du doigt en disant : « VOUS ! »

Les yeux de Cindy s'écarquillaient déjà de frayeur, elle murmurait : « Je suis désolée, je suis désolée », Mr Howard a tapé sur sa table et m'a ordonné de rester après la classe. « Je suis désolée », répétait Cindy mais il était trop tard. J'avais trop peur pour penser à elle – qu'allait-il *me* faire dans ce bâtiment préfabriqué, isolé du reste de l'école – il pouvait s'amuser à n'importe quoi et personne ne le verrait !

La sonnerie retentit, les bons élèves sortaient en rang, me regardant tantôt avec pitié, tantôt avec joie. « Ne partez pas ! » eus-je envie de crier. « Ne me laissez pas seule avec lui ! » mais je ne le fis pas, je baissai la tête, honteuse et j'essayai de ravaler la panique qui me gagnait – que me *ferait*-il ? Après le départ de tout le monde, il ferma la porte et s'assit sur le bord de son bureau, les jambes écartées comme d'habitude, tapotant sa cuisse avec sa baguette. Je me trouvais au fond de la classe, pétrifiée, cherchant une façon de m'échapper. Il fallait que j'intervienne, mais je ne savais pas comment. J'avais besoin de temps pour penser, pour considérer la situation, le convaincre de me laisser partir, aucun mot ne vint, je manquais de temps et j'étais comme une bête traquée, paralysée par la frayeur – si je courais à la porte, il me rattraperait. Que se passerait-il si je commençais à crier, si je m'évanouissais, non, pas cela, je ne perdrais plus jamais connaissance.

« Venez ici, Maggie », dit-il, mais je refusai de bouger.

« Maggie ! » cria-t-il, je croisai les bras sur ma poitrine en serrant les dents et je le fixai. Il ne m'y forcerait pas, me répétais-je. J'étais impatiente de m'enfuir, un tumulte insensé m'envahissait, les voix criaient, l'une plus forte que les autres, plus encore que celle de Margaret, comme un cri désespéré d'enfant, une voix qui hurla, *Ne le laisse pas te toucher !*

Il commença à s'approcher avec sa baguette pointue, le visage cruel, contorsionné, un instant je crus sincèrement qu'il s'agissait d'un monstre, un horrible démon venu sucer mon sang, prendre mon corps et mon esprit et me transformer en zombi. Il frappait sa cuisse avec sa baguette tout en venant vers moi, je ne voyais rien d'autre, non, il ne me toucherait pas, non, je ne le lui permettrais pas, je ne devais pas lui obéir, personne ne peut me forcer, il ne me donnerait pas de leçon, cette sensation de folie montait en moi, elle allait m'engloutir comme les chutes du Niagara, mon contrôle de moi-même s'écrasait sur les rochers tout en bas. Margaret arrivait, cela annonçait le début des difficultés.

Mr Howard frappa un coup retentissant sur le bureau devant moi et grogna : « J'ai dit, *Venez ici* ! »

Margaret devint folle furieuse. Elle se mit à pousser des cris aigus, à l'injurier, elle dit qu'il ne pouvait pas la *forcer* à faire quoi que ce soit. « Laissez-moi tranquille ! Laissez-moi tranquille ! » cria-t-elle en reculant derrière sa table, prête à s'en servir comme d'un bouclier. « Ne me TOUCHEZ pas ! »

Mr Howard fit un bond pour m'attraper et je voulus l'éviter, mais je tombai et me blessai le bras contre le pied métallique d'un autre bureau, m'entaillant profondément la chair.

« Vous m'avez *poussée* ! » hurlai-je, hystérique. « Vous m'avez poussée ! Vous avez essayé de me *tuer* ! »

« Maggie », dit-il, radouci par la vue du sang qui jaillissait de mon bras comme une rivière. C'était toujours ainsi, ils vous infligeaient un traitement horrible et vos prestations ne réussissaient pas à les arrêter, mais dès que le sang coulait ils avaient peur et essayaient de se montrer gentils et réconfortants pour que vous ne le répétiez pas. Je ne marchais pas. Je n'écoutais pas. Je ne voulais pas entendre ses paroles aimables, ses *Je suis désolé*. Il l'était sans aucun doute, maintenant que mon sang coulait dans sa classe, mais au fond de lui il s'en moquait éperdument.

« Maggie, je vous en prie... » dit-il, je me bouchai les oreilles et m'enfuis du bâtiment préfabriqué pour entrer dans l'établissement, dépassant la classe de Mrs Sherman où j'étais censée parler espagnol, Mr Peacock dans son placard à balais, je tournai en direction de la section primaire, descendis les marches, dépassai la classe de Ruthie et entrai dans les toilettes des enfants. Je m'enfermai dans une cabine et m'installai sur le minuscule siège, sanglotant et me demandant ce que j'allais faire.

Ma vie était finie. Terminée, même papa ne me pardonnerait pas une chose aussi terrible. Je retournais les événements dans ma tête, pensant, ce n'était pas de ma faute, puis, Mais si ! Tu es responsable ! Je ne savais pas, tout était arrivé trop vite. Peut-être n'aurais-je pas dû rire de son truc. Peut-être l'avais-je incité, par mon comportement, à s'asseoir les jambes écartées, s'exhiber, cela me rendait malade, peut-être étais-je *réellement* dérangée, personne d'autre ne devenait hystérique pour une chose pareille.

La seule chose à faire était de m'enfuir. Je volerais le bateau de Rick Keller et partirais pour le Canada. Je toucherais mes économies, prendrais un train pour Detroit ou Chicago et me perdrais dans la foule. Je descendrais vers les voies ferrées, je me cacherais avec les clochards et leur demanderais de m'apprendre à sauter dans un train en marche.

J'étais triste, parce que si je quittais l'école à douze ans je n'entrerais jamais à l'université et ne deviendrais jamais la première femme gouverneur du Michigan, mais c'était sans doute déjà trop tard, personne ne voterait pour moi avec un tel passé. Je ferais campagne et brusquement Mr Howard apparaîtrait, comme une mauvaise conscience, il passerait à la télévision et dirait à tout le monde que j'étais une menteuse, une hystérique, une agitatrice, je serais déshonorée et je devrais m'enfuir. Je deviendrais une alcoolique, je vivrais dans une pension miteuse de Lansing et de temps en temps, quelqu'un franchirait le porche, me verrait en train de me balancer et dirait : « Vous voyez cette vieille poivrote ? Elle croyait qu'elle allait être la première femme gouverneur du Michigan ! » et ils se mettraient tous à rire comme des fous.

J'étais désolée. Tellement désolée. « Désolée, tu parles ! » dit Margaret. « Ce type est un obsédé ! » « Tu l'as bien cherché », déclara Cotton Mather. « Tu as dû faire quelque chose pour le provoquer. Les gens n'attaquent pas les gentilles filles sans *raison.* » Katrina voulait être passagère clandestine sur le prochain cargo à destination de la Hollande, Sarah gémissait et se tordait les mains, mais Trixie ne se montra même pas. Je restai assise là pendant qu'ils me criaient tous après comme une foule en colère, je ne me rappelle même pas qui vint me chercher, qui m'arracha aux cabinets pour m'entraîner en haut des marches du bâtiment principal, dans le couloir qui conduisait au bureau de Mr Diller.

Je ne me souviens pas de lui avoir parlé. Je ne me souviens de rien d'autre ce jour-là, sinon que j'étais rentrée seule à la maison, avec cette étrange douleur dans le coccyx, comme si j'étais tombée du trampoline sur le carrelage du gymnase.

Maman savait. Elle était assise à la table du petit déjeuner, pâle et tremblante, elle me regarda entrer. Elle attendait que je lui apprenne la nouvelle, mais je dis seulement « Bonjour ! » et allai chercher une boisson dans le réfrigérateur.

« Mr Diller a téléphoné », annonça-t-elle, je haussai les épaules et remarquai que cela ne me surprenait pas.

« Nous en parlerons au dîner », reprit-elle et je fus prise de panique – je ne voulais pas qu'ils discutent de cela devant Donald et Ruthie, qu'ils disent à tout le monde à quel point j'étais mauvaise, m'humiliant publiquement.

Je haussai les épaules, pris mon Coca et un petit pain à la cannelle et courus sur la plage des Sisk, Goober sur mes talons, pour me cacher et trouver un moyen de m'en sortir.

# 18.

Je fus interrogée, avec et sans mes parents, mais jamais je ne fus confrontée à Mr Howard.

« Il m'a poussée », mentis-je résolument. Je me haïssais, mais je ne pouvais pas dire la vérité.

« Je veux que cet homme soit renvoyé », tonnait papa et maman pleurait, elle ne m'avait pas crue une seule seconde, elle savait que je mentais. Elle ne voulait pas détruire la vie de ce pauvre homme, dit-elle un soir à papa dans la véranda, mais que faisait-elle de la *mienne* ?

« Pourquoi Maggie mentirait-elle ? » voulait savoir papa. « Pourquoi inventerait-elle une chose pareille ? » mais maman ne répondait pas. Sans doute pensait-elle que grand-mère avait raison, je n'étais qu'un démon, le mal personnifié, je n'avais même pas besoin de raison pour mal agir.

Je dus attendre devant le bureau de Mr Diller pendant qu'il parlait à mes parents en particulier, j'aurais voulu mourir, reléguée derrière les portes vitrées, je balançais mes jambes en attendant la sentence. La sonnerie retentissait et les bons élèves passaient en groupes, me regardant assise là comme une criminelle au pilori, et je souhaitais disparaître sous terre.

Pis encore, Mr Howard fut appelé et il passa devant moi en m'ignorant comme si j'avais été une mouche. Il portait des vêtements neufs – un pantalon gris assez large pour le couvrir – je ne pourrais jamais rien dire, mais je me croyais dans mon bon droit. Il *devait* se sentir coupable, sinon pourquoi aurait-il acheté un nouveau pantalon ?

Je savais ce qu'il allait déclarer. J'étais « indisciplinée », affirmerait-il, et personne ne contesterait ce point. J'étais tombée alors qu'il se trouvait loin de moi. Il avait peur bien qu'il s'efforçât de ne pas le montrer. Je le voyais – il avait aussi peur que moi, pour des raisons différentes. Nous mentions tous les deux, et seule la chance déciderait de notre sort : qui croirait-on, une fille hystérique ou un professeur inquiet ?

« Ils me croiront », dis-je avec certitude à Ginger. « Ils le *doivent*. J'ai des cicatrices. »

J'avais totalement confiance dans le pouvoir de papa de faire renvoyer Mr Howard, de l'obliger à fuir la ville. Je voulais simplement qu'il s'évapore, qu'il cesse d'exister et j'étais convaincue que papa me protégerait de lui, le chassant de ma vie pour toujours, à cause non de ce qu'il avait fait ou pas, mais du souvenir qu'il m'évoquait.

Mr Howard sortit du bureau, pâle, l'air lugubre, puis on me rappela. Je regrettais que mes parents fussent présents pour écouter le verdict final. Au cas où Mr Diller se fût rangé du côté de Mr Howard, je ne voulais pas qu'ils voient mon humiliation.

« Vous ne suivrez plus le programme-pilote », m'informa Mr Diller. « Désormais vous resterez dans votre classe normale.

– Et *lui* ? criai-je. Que va-t-il *lui* arriver ? »

Le directeur secoua la tête et me répondit que cela ne me regardait pas.

« *Si* ! insistai-je. *Absolument !* Pourquoi dois-*je* être punie et pas *lui* ? »

Mr Diller me considéra sans rien dire et je continuai : « Ce n'est pas juste ! » Je sentais ma gorge se contracter et je redoutais de me mettre à pleurer devant eux. Maman et papa se taisaient et je me sentis monstrueuse, méprisable pour les avoir entraînés dans cette histoire, comment avais-je pu les blesser autant, les décevoir à ce point ? J'étais morte de honte de les avoir humiliés ainsi, mais il était trop tard maintenant, je n'allais pas me coucher et gémir comme un chien battu.

« Maggie, dit Mr Diller. Il ne vous a rien fait. Vous inventez.

– Je vous interdis de DIRE cela ! » criai-je, je voulais me boucher les oreilles, m'envoler et me fondre dans le bleu du petit drapeau sur le bureau de Mr Diller, j'avais envie de laisser Margaret ou les autres prendre le relais, même Sarah – je m'envolerais et elle resterait là à sangloter comme une enfant abandonnée, même cela vaudrait mieux que d'être moi-même présente. Mais aucune ne sortit ; j'étais seule et je ne pouvais rien faire d'autre que me défendre.

« C'est faux ! Je n'invente rien ! »

Je remontai la manche de ma chemise et fourrai mon bras blessé sous le nez de Mr Diller. « Vous croyez que j'ai inventé *ça* ?

– Non », répondit-il en me repoussant, « personne ne doute que vous vous soyez fait mal, Maggie. Mais c'est votre parole contre la sienne, et nous devons le croire, je le crains ».

*Nous ? Nous ?* Je lançai un coup d'œil à mes parents mais ils baissaient la tête comme s'ils étaient eux-mêmes coupables. Leur refus de me regarder était pire que l'humiliation d'avoir été traitée de menteuse, pire que de fixer le truc de Mr Howard et de le voir s'approcher de moi avec cette baguette, prêt à me poignarder. C'était à cause de la baguette, voulais-je leur expliquer, sans elle j'aurais pu résister, supporter les coups comme un bon soldat, maîtriser la situation ; cette baguette m'avait mise hors de moi, mais qui voudrait me croire ? « Quelle stupidité ! » s'écrieraient-ils, et ils m'enverraient à Lapeer.

La défaite s'abattit sur moi comme la neige mouillée sur une péniche et je cédai, sachant qu'il ne servait à rien de protester. J'avais perdu et pour moi, c'était la fin du monde.

« Je pense que vous devriez rentrer chez vous maintenant », disait Mr Diller. « Vos parents vont vous conduire.

– Non ! hurlai-je. Je rentrerai *à pied* ! Personne ne me *conduira* ! »

Je restai là, tremblante de rage, luttant contre les larmes. « Je vous déteste ! » m'écriai-je en lançant dans la pièce un regard circulaire, je me demandais comment ils pouvaient tous être aussi stupides – ne se rendaient-ils pas compte qu'il se passait tout autre chose ? Imaginaient-ils vraiment que j'étais assez méchante pour inventer des histoires afin d'obtenir le renvoi d'un professeur, peut-être croyaient-ils que j'étais furieuse parce que Mr Howard m'avait mis un B en assiduité le dernier trimestre – qu'importait, j'avais obtenu un A pour mon travail – que *pensaient-ils* ? S'en souciaient-ils seulement ? Ils ne posaient même pas la *question*, ils avaient décidé que j'étais pourrie jusqu'à l'os et se débarrassaient de moi avant que je ne contamine toute la récolte. « Je vous déteste ! » criai-je encore et je m'enfuis.

Ce fut la première fois que je mouillai ma culotte. En rentrant de McKinley tôt le matin, à l'heure où tous les autres quittaient la classe d'arithmétique pour celle de géographie, je pris le raccourci derrière chez les Donaldson et fis pipi dans ma culotte. « On ne guérit pas les méchants », disait grand-mère avec raison, pourquoi ne pas me noyer dans le marais, pensai-je, il valait mieux en finir maintenant que de passer ma vie dans la peau d'une petite perverse menteuse dont personne ne voulait et qui ne songeait qu'à détruire la carrière des gens. Un petit démon faible qui n'avait même pas le pouvoir de contrôler sa propre vessie.

Après cela, tout changea. J'ignore comment je parvins à finir l'année scolaire. J'allais en classe et je feignais d'être une personne, je faisais tout ce qu'on me disait et je ne tenais pas compte de la douleur dans mon derrière, j'essayais de ne pas ouvrir la bouche.

Je commençai alors à voir miss Dickerson.

« Comment puis-je vous aider ? » demanda-t-elle la première fois que je pénétrai dans son bureau, sa voix était si apaisante que je faillis pleurer, mais je ne le fis pas. Après tout, c'était une employée de l'établissement, une psy salariée, et elle avait le devoir de se débarrasser d'enfants comme moi.

J'avais espéré que tout irait bien de nouveau quand finirait l'école. Par chance Mr Howard n'enseignait pas dans le programme d'été, aussi je n'eus jamais à le voir tapi dans le couloir. L'année suivante il irait ailleurs, Mr Diller m'appela dans son bureau pour m'en informer, peut-être croyait-il me faire plaisir. « Vous n'aurez plus jamais à le revoir », dit-il, mais cela ne me suffisait pas.

« Le pauvre homme », confia un soir maman à papa. « Quelle horrible expérience à vivre. J'aimerais que cela ne soit jamais arrivé. »

Papa grogna en froissant son journal. A travers la fissure du plancher j'apercevais le haut de son crâne chauve qui commençait à être bronzé, et les pieds de maman sur le tabouret. De temps en temps, une bouffée de fumée flottait dans la pièce tel un fantôme.

« Je ne cesse de penser à sa famille », poursuivit-elle. « Ce doit être si affreux pour elle. »

Je détestais l'entendre parler ainsi, cela me donnait un atroce sentiment de culpabilité, comme si j'avais été une sorte de criminel de guerre. Je ne voulais pas que sa famille souffre, mais que *lui* soit jeté en prison et y reste jusqu'au jour où son truc serait pourri. Quand je songeais à sa femme et à ses enfants, je me sentais encore plus mal que d'habitude. J'imaginais ses deux petites filles en haillons devant le magasin de Peterson, en train de vendre des crayons en pleine tempête de neige. Je voyais sa femme grisonnante et affaiblie, penchée sur un feu devant une cabane près du fleuve, en train de faire cuire des haricots dans une casserole cabossée. Et je le voyais lui, voûté et sale, circuler dans la ville au volant de sa voiture rouillée pour fouiller les poubelles des gens.

C'est entièrement de ma faute, me disais-je, convaincue par cette vision de malheur ; si seulement je n'étais pas devenue hystérique rien de tout cela ne serait arrivé. Si seulement je n'avais pas pris son stupide truc tellement au sérieux, si j'avais été capable d'en rire comme Cindy et Ginger, si je m'étais levée pour me laisser frapper avec cette baguette, acceptant mon châtiment à la manière d'un soldat au lieu de piquer une crise et de penser qu'il allait *faire* quelque chose avec. Quelle bêtise ! Comment avais-je pu penser une chose pareille ? Bien sûr qu'il n'aurait rien *fait*, c'était en plein jour, au milieu d'une matinée d'école, d'une minute à l'autre la chorale allait entrer pour chanter – comment avais-je pu m'affoler à ce point ?

Je me méprisais pour ma faiblesse, mon hystérie, mes folles accusations. J'étais désolée pour sa famille, mais je voulais toujours sa mort. Fouiller dans les poubelles n'était pas une punition suffisante pour lui, je ne voulais pas le voir traîner les jours de ramassage des ordures, levant les yeux vers ma fenêtre en agitant le poing : « C'est entièrement de ta faute, petite garce ! »

« C'est fini », dit papa. « Pourquoi ressasser cette histoire ? Oublie tout ça. »

Mais ce n'était pas si facile. Je ne pouvais pas l'oublier. Chaque fois que j'allais en classe, mes entrailles se nouaient, j'avais l'impression qu'une énorme serre se refermait sur mes intestins et mon estomac et les tordait comme des chiffons mouillés. Quelquefois la douleur était si violente que je devais m'allonger dans les bois, à plat dos, et à ce moment l'étreinte se relâchait. Les jours où j'avais aussi mal je finissais par arriver en retard et Mr Blake me faisait porter une petite pancarte au cou, avec l'inscription QUI EST EN RETARD EST TARÉ. La première fois je faillis mourir de honte, mais aux cours d'été les élèves stupides ou méchants avaient tellement l'habitude d'être punis et tournés en ridicule que personne ne se moquait de personne – on se tapait dans le dos en disant : « Ne fais pas attention à Blake le Flic ! »

# 19.

Papa me réveilla à six heures du matin. « Maggie ! » s'exclama-t-il en ouvrant brutalement ma porte, tout excité et joyeux. « Lève-toi et brille ! Le défilé est dans cinq heures ! »

Je l'aurais tué. Je me recouvris la tête de mon oreiller et lui demandai de fermer la porte, mais il resta là tout souriant, « Debout ! Debout ! Heure du matin, heure du gain ! » et j'avais envie qu'il me laisse seule, je voulais me rendormir et vivre dans mes rêves, non dans le monde réel.

« Va-t'en », dis-je comme maman passait, elle claqua la langue et déclara, « Tiens, voici mademoiselle-je-suis-toujours-de-bonne humeur. » Elle dit à papa qu'elle n'avait jamais vu une personne aussi désagréable le matin et je me demandai pourquoi, dans ce cas, elle ne me fichait pas la paix.

Elle voulait que nous soyons tous heureux, elle le souhaitait plus que tout au monde et la plupart du temps nous ne l'étions pas par ma faute. Elle rêvait de nous voir tous joyeux et optimistes et son monde s'effondrait quand ce n'était pas le cas. Je détestais descendre et l'entendre gazouiller comme un chardonneret, me demandant si j'avais bien dormi ; je ne supportais pas de voir Ruthie engloutir ces horribles céréales bariolées, avec des morceaux de guimauve qui flottaient comme des grumeaux de lait caillé ; je ne supportais pas de voir les lèvres rouges pleines de confiture de grand-mère se plisser pour m'insulter.

Je remplissais un bol de céréales, m'affalais sur ma chaise et j'essayais de les oublier tous, de retourner dans les rêves qui flottaient dans ma tête comme la guimauve de Ruthie, j'avais envie de me retrouver dans mon lit, même pour revivre mon cauchemar.

J'en avais de terribles, mais je n'en parlais à personne parce qu'alors ils me croiraient sûrement cinglée. Je les gardais à l'intérieur, comme un secret de famille sans famille, souhaitant chasser leur laideur, mais c'était impossible. Rien d'étonnant à ce que je fusse de mauvaise humeur le matin, mais comment l'expliquer à maman ? Je ne pouvais pas dire : « Ne me parle pas, je viens d'avoir un cauchemar sur des enfants morts sans derrière. » Elle s'évanouirait, elle deviendrait toute pâle, et penserait que j'étais folle, se demandant quelle erreur elle avait commise pour que sa fille rêve des scènes aussi macabres, et sa journée serait gâchée. Elle craindrait que je ne me rende coupable de meurtres collectifs, elle en parlerait aux Joueuses de Bridge et grand-mère dirait : « Il vaut mieux te débarrasser d'elle tout de suite, avant qu'elle ne brûle la maison et toi avec. »

« Bonjour chérie », dit maman quand je parvins enfin dans la salle du petit déjeuner. « Tu as bien dormi ? »

Je grognai et regardai Donald, qui roula des yeux et fit une grimace. Ruthie recueillait soigneusement tous les morceaux orange dans son bol, pour les empiler en un tas dégoulinant sur le set en plastique.

« Où est papa ? » demandai-je, et maman répondit qu'il était parti en ville pour monter son stand.

« Il n'est que six heures ! » m'écriai-je d'un ton gémissant et elle répondit : « Tu connais ton père », mais c'était faux. Je savais qu'il aimait que tout soit prêt et pensait qu'être en retard était un crime digne de la peine capitale. Mais je ne le connaissais absolument pas.

« Il est vraiment excité, dit maman. Cela lui procure un tel plaisir. »

C'était vrai. Papa aimait donner des bonbons aux enfants. Il adorait les faire rire et voir leur visage s'éclairer quand ils recevaient un Donniebar, une Ruthette ou un Boobar. Il aimait être le Roi des bonbons de North Bay, être dans son stand et bavarder avec les parents. « Monsieur Charme », l'appelait maman, et il savait se montrer délicieux quand il voulait.

« Il veut que tu sois là-bas à huit heures », dit maman et je répondis que je ne pourrais pas arriver aussi tôt.

« Pourquoi ? Tu ne défiles pas.

– J'ai quelque chose à faire.

– Quoi ? » demanda-t-elle, et je répétai : « *Quelque chose.* »

Elle s'approcha de la table et me fixa avec son air « Qu'est-ce que tu mijotes ? » qui signifiait d'habitude : « Tu restes à la maison. »

« Elle nous aide », intervint Donald, je faillis sauter par-dessus la table pour l'embrasser.

« Oh », dit maman d'un ton soupçonneux, mais il n'y avait pas de raison de nous accuser tous les deux de mentir. Elle savait que nous collions ensemble comme deux timbres mouillés et qu'il était impossible de nous séparer. Elle prit un air triste ; elle était sans doute blessée parce que je ne voulais pas rester avec eux dans le stand.

« Ne t'inquiète pas, dis-je, je serai là avant que le premier marcheur ne franchisse la ligne d'arrivée. »

En réalité, je n'avais aucun projet. Je voulais juste me glisser dans la fabrique de papa et regarder le début du défilé de son bureau. Je n'irais pas dans Main Street au milieu de tous les autres, pas si j'étais toute seule. Je savais ce que penseraient les gens. Que je n'étais pas assez bien pour trouver quelqu'un qui m'accompagne au défilé. Pis encore, ils auraient pitié de moi, la pauvre Maggie, elle a eu des histoires et à présent personne ne veut lui parler. Je refusais la pitié, je préférais qu'on me crache dessus, qu'on me jette des crottes, je ne voulais pas de leur compassion, de leurs regards attendris, pleins de condescendance, ni des sacs de béton qu'ils m'accrocheraient au cou pour me pousser dans le lac et m'aider à me noyer plus vite.

Maman voulait nous conduire, mais je préférais marcher. J'avais besoin d'être seule, de me ressaisir après mes rêves pour pouvoir prétendre que tout allait bien quand je serais dans le stand de papa, que je distribuerais des bonbons et devrais être polie avec la ville entière. Je craignais qu'ils n'acceptent pas mon offrande, et attendent papa, maman ou Ruthie, prenant l'air dégoûté quand j'insisterais pour leur tendre un Boobar.

Je marchai le long de la plage jusqu'au phare, puis je coupai par River Street, derrière le bâtiment du garde-côte qui était la frontière entre les beaux quartiers et les autres. Pour que tout le monde le sache, il y avait un parking à roulottes désaffecté derrière la propriété, rempli de vieilles caravanes rouillées et branlantes.

A partir de là, je suivis les voies ferrées. Un garçon de Riverside était tombé, avait heurté sa tête contre un rail et saigné à mort, disait-on, mais cela ne m'empêchait pas de prendre le raccourci. Des clochards vivaient quelque part entre le chemin de fer et le fleuve, mais je n'en avais jamais vu aucun. Je connaissais seulement George, le vieil homme qui venait le jour du ramassage des poubelles avec sa petite voiture rouge d'enfant, chercher des trésors cachés dans les ordures des gens. Il était gentil. Il racontait toujours des histoires sur la guerre, sur des jungles pleines d'animaux bizarres, de temples d'or et de pièges japonais. « Il invente », grognait grand-mère en agitant une main dégoûtée, comme si le simple fait de parler à George pouvait me donner le béribéri. « Tout ce qu'il a vu de la guerre c'est le film *Trente Secondes sur Tokyo.* »

George avait une femme ou une petite amie ; de temps en temps elle venait avec lui, avec sa robe à pois rouges et sa stupide perruque blonde, et ils fouillaient les poubelles, discutant des articles comme devant une vitrine de Tiffany's. Je les aimais bien, même si c'étaient des clochards.

De l'autre côté d'Elm Street se trouvait la partie de la ville où les maisons étaient grises et crayeuses à cause de la poussière de ciment. Les gens avaient beau faire des efforts pour arranger leur façade, elle était toujours recouverte d'une fine couche de saleté. Je connaissais une seule personne qui vivait là, une fille de McKinley qui s'appelait Polly Sanderson, et habitait l'une des demeures victoriennes de Joseph Avenue. Sa maison se trouvait exactement en face du petit parc crasseux qui était l'ancien emplacement du fort français, mais il n'y restait plus qu'une rangée de balançoires cassées et une plaque.

A part le ciment, la maison de Polly était merveilleuse – elle comportait deux étages et un grenier aussi grand que la salle de bal de miss Child et toutes sortes d'escaliers cachés et de pièces secrètes. J'y étais allée une seule fois, parce que Polly avait honte de son père, qui n'était pas normal. Il faisait des choses bizarres. Il sortait dans la cour, s'attachait à la corde à linge et feignait d'être un épouvantail. Il était vieux – Polly était la dernière de onze enfants – et ressemblait plus à un grand-père qu'à un père. Je l'avais vu, assis dans un coin du séjour, dans un grand fauteuil rouge, plongé dans ses pensées, qui chantait tranquillement *Over There*. « Peut-être qu'il a reçu un coup sur la tête », dis-je, Polly éclata en sanglots, s'enfuit dans sa chambre et ne m'invita plus jamais.

Je coupai par la cimenterie pour longer le fleuve jusqu'au parc. « Ne nage pas là-bas », recommandait toujours maman, me rappelant que des jeunes garçons s'étaient noyés dans les tourbillons sous le pont vers le Canada. De temps en temps quelqu'un sautait, on ne retrouvait pas les cadavres avant des mois, ils finissaient coincés sous un dock près d'Algonac, et l'un d'eux flotta une fois jusqu'à Detroit. Aucun des suicidés n'avait survécu, et d'une certaine manière je trouvais cela rassurant. Si les choses devenaient trop atroces, il existait toujours une issue.

Après la cimenterie il y avait une autre zone de petites maisons, où avait habité Thomas Edison quand il vivait à North Bay et faisait ses expériences. Ensuite venait le parc de l'Inventeur, entouré de ravissantes villas anciennes à pignons – construites par les capitaines des bateaux qui franchissaient les Grands Lacs. Certaines avaient des tours et des balcons circulaires, et je rêvais d'habiter l'une d'elles, d'avoir une chambre en haut du donjon, toute en verre, avec une terrasse d'où j'aurais pu regarder les cargos ou les matches de baseball dans le parc, ou les bals d'été sur le toit d'observation près de la vedette du garde-côte.

La plupart des villas étaient à présent transformées en entreprises de pompes funèbres. Il y en avait toute une série dans Main Street, je me demandais comment elles se maintenaient en activité, le nombre de morts me semblait insuffisant.

Prudy Taylor vivait dans l'une d'elles. Sa famille habitait la partie du haut et l'entreprise funéraire se trouvait en bas ; une fois elle fit une fête et nous

nous mîmes au défi de descendre dans la salle mortuaire à minuit, sans lampes électriques. La maison de Prudy était belle mais l'idée de vivre avec un tas de cadavres dans le sous-sol ne me plaisait guère et cette visite macabre ne m'enthousiasmait pas. Mais je n'avais jamais reculé devant aucun défi et je n'allais pas commencer à présent.

Prudy sortit sa planchette oui-ja et nous nous assîmes en cercle dans sa chambre, demandant si des fantômes apparaîtraient au sous-sol. O-U-I, répondit-elle et nous poussâmes des hurlements, nous blottissant les unes contre les autres. « Le fantôme de qui ? » interrogea Prudy, et je lâchai la baguette comme si elle m'avait brûlé les doigts. « Je pense que ce doit être une surprise », dis-je, mais les autres voulaient toutes poser la question et je cédai. Prudy et moi nous échangeâmes un regard et les filles déchiffrèrent les lettres à mesure que la baguette se déplaçait. Ni Prudy ni moi ne regardions le tableau, pendant ce temps. « B ! » crièrent les autres. « E ! R ! T ! H ! A ! »

Nous étions désorientées. « Demande Bertha *qui* ! » proposa Cindy mais la baguette refusa de bouger, même lorsque je la poussai d'une chiquenaude. Aucune d'entre nous ne connaissait de Bertha morte et nous n'en trouvâmes aucune parmi les célébrités, bien que Cindy affirmât en avoir vu une dans un film, mais elle pensait que c'était une vache.

Silencieusement, l'une après l'autre, nous descendîmes les marches de l'escalier de derrière. Personne ne riait. Prudy était en tête. Elle se courbait comme un assistant diabolique dans un film d'épouvante et nous l'imitions toutes.

Elle ouvrit la porte du sous-sol, allumant la lumière pour nous éviter de tomber. Du haut de l'escalier je voyais des cercueils noirs et une grande table en marbre et je me demandai si c'était une aussi bonne idée ; peut-être eût-il mieux valu remonter et jouer au Twister*.

Cindy était derrière moi et me poussait. « Avance, peureuse », chuchota-t-elle. « Tu bloques tout le monde. »

Prudy, en bas, nous attendait avec un sourire sinistre. Je suppose qu'on s'habituait aux morts en grandissant parmi eux, l'enfant d'un apiculteur ne craint pas les abeilles et le fils de paysan n'est pas importuné par l'odeur du crottin.

Il faisait froid à l'intérieur, cela sentait la vomissure de bébé. Dès que nous fûmes toutes descendues, Prudy éteignit la lumière, nous plongeant dans l'obscurité. Quelqu'un m'agrippa le bras, peu m'importait qui c'était – la main était chaude, humaine, et cela me suffisait.

« Ooooooooooooo », gémit l'une de nous et tout le monde rit.

Prudy nous conduisit jusqu'à la grande table et nous expliqua que son père l'utilisait pour préparer les corps. Cindy voulait que quelqu'un monte dessus et je frémis d'horreur – et si elles avaient tout prévu, peut-être voulaient-elles « prendre » une fille et l'enfermer dans un cercueil ? Et si c'était *moi* ?

* Jeu de société (*N.d.T.*).

« Allons regarder *Shock Theater* à la télé », proposai-je, Karen et Ginger trouvèrent que c'était une bonne idée mais celle qui me tenait ne me lâcha pas.

« Berrrr-tha », appela Prudy à voix basse. « Berrrr-tha. Si tu es là, frappe deux fois. »

Bien sûr une idiote le fit et nous poussâmes toutes des cris aigus.

« Berrrr-tha », gémit Prudy, « qui es-tu ? »

Il n'y eut pas de réponse, mais je sentis un souffle glacé sur mon visage, bien qu'il n'y eût aucune fenêtre dans la pièce. Peu importe qui me tenait le bras, je voulais sortir de là et je me moquais d'être traitée de lâche.

« Je vais regarder le film », dis-je, mais à ce moment Karen, qui se tenait près de l'un des cercueils, commença à trembler comme une grosse dame qui tient un vibromasseur.

« Karen a une transe ! » cria Cindy. « Le fantôme s'est emparé d'elle ! »

Oh, tais-toi, pauvre imbécile, avais-je envie de dire, mais aucun mot ne sortit, je fixais la fumée bleue qui s'élevait derrière Karen comme une bouffée de cigarette.

« Très bien, qui s'amuse à ça ? » demanda Cindy, d'une voix si faible que ce ne pouvait être la sienne.

« Karen est *possédée* ! » hurla Prudy et nous nous précipitâmes toutes vers l'escalier, laissant la pauvre Karen en larmes, qui protestait : « *Non*. Je ne suis *pas* possédée ! »

Prudy ralluma, la fumée disparut et Karen s'effondra sur le sol en sanglotant.

Je trouvai que c'était une méchante plaisanterie, mais personne ne l'admit et je ne retournai jamais plus chez Prudy. Je rentrai à la maison et jetai toutes mes bandes dessinées d'épouvante, puis commençai à dormir avec la Bible sous mon oreiller. Prudy avait dû faire une farce, pensai-je en essayant de m'endormir, mais je craignais en secret que non, et que cet esprit maléfique n'eût été réel. Peut-être m'avait-il cherchée et était-il tombé sur Karen par erreur.

Je frissonnais encore chaque fois que je regardais la maison de Prudy et je ne pouvais même plus marcher sur son trottoir – je traversais toujours la rue pour franchir le parc, où je serais à l'abri des Bertha.

# 20.

De l'autre côté du parc, commençait le centre, avec un énorme bâtiment ancien qui avait abrité le lycée au temps où ma mère était enfant, et qui accueillait à présent la radio locale, WNBM. Une fois, notre troupe de Brownies se rendit à la station pour regarder Milky the Clown dans son émission, mais je trouvai cela ennuyeux. Il ne *se passait* rien – il restait assis derrière une vitre et parlait dans un micro, il ne faisait pas de farces ni rien. Cindy avait été choisie pour lui répondre, et j'étais si jalouse que j'avais failli lui arracher son béret.

« L'envie est la plus méprisable des émotions humaines », disait toujours maman, mais je pensais que c'était la plus courante. On n'était jamais censé envier les autres, et en même temps toutes les publicités vous conseillaient d'acheter une voiture neuve pour faire pâlir d'envie tout le quartier, ou de vous procurer une nouvelle machine à laver pour que tous vos voisins tirent la langue. C'était stupide. Il ne fallait pas l'*éprouver* soi-même, mais l'inspirer aux autres, et chacun prétendait ignorer ce sentiment.

J'étais sans arrêt jalouse. Des élèves qui réussissaient mieux que moi en classe et de ceux qui avaient beaucoup d'amis, surtout maintenant que j'en étais privée. Jalouse des jolies filles, car elles deviendraient belles tandis que je resterais « mignonne » toute ma vie. J'étais surtout jalouse des gens heureux, pleins d'espoir face à l'existence, naturellement gentils et généreux, et non cruels et méchants comme moi.

Je coupai derrière la station de radio et rejoignis le fleuve, passant devant la vedette du garde-côte qui attendait, à quai, oisive jusqu'à la saison d'hiver, qu'un cargo fût pris par les glaces. Je dépassai la maison à piliers blancs de miss Nolan qui dominait le fleuve et le parc, puis le centre médical et l'YMCA.

Le vendredi soir il y avait des bals pour les adolescents. Donald y allait et l'an prochain je pourrais l'accompagner, mais je n'étais pas sûre d'en avoir envie. Je redoutais de n'être invitée par personne et l'idée de faire tapisserie me paraissait insupportable. Mais j'aimais danser et j'étais assez douée. Ginger et moi nous mettions la bande musicale de *Bye Bye Birdie* et nous nous trémoussions comme des folles sur l'air de *You've Got a Lot of Living to Do*, tourbillonnant dans son sous-sol comme des haricots sauteurs. Un jour, Marvin Peabody nous épia par la fenêtre et ensuite, chaque fois qu'il nous voyait, il tortillait ses hanches en avançant les lèvres ; je l'aurais tué. Après cela je dansai seulement en privé, dans le Trou noir, les rideaux tirés de crainte que quelqu'un n'escaladât le toit de la véranda pour regarder.

Il y avait une grande pelouse devant l'YMCA, à côté de laquelle se trouvait la prison du comté. Les forains étaient en train de monter leurs stands et leurs manèges et je trouvai cruel d'organiser la fête sous les fenêtres des détenus qui verraient tout le monde s'amuser. A travers les barreaux, ils apercevraient les lumières multicolores, entendraient la musique et regarderaient les gens tournoyer sur la grande roue, je pensais qu'à leur place je serais devenue plus méchante encore devant cet étalage de bonheur, souhaitant voir les montagnes russes tomber dans le fleuve.

Avant, j'avais peur de passer devant la prison parce que les détenus criaient toujours des grossièretés par la fenêtre, mais un jour je leur répondis et nous devînmes des amis. « Salut chérie ! » disaient-ils. « Ça roule ? » et je trouvais triste que les seules personnes à qui je plaisais fussent des prisonniers. « Vous êtes là pourquoi ? » demandais-je chaque fois, et ils riaient comme des fous. North Bay était une ville très sûre, la plupart des crimes étaient commis par des jeunes délinquants ou des ivrognes, mais une fois il y avait eu un meurtre. Une fille de Millersville avait été attaquée et tuée et son corps abandonné dans les énormes tas de gravier de ciment. L'affaire n'avait jamais été élucidée et tout le monde pensait que l'assassin était un vagabond, car qui, à North Bay, aurait fait une chose pareille ?

Après la prison il y avait l'hôtel de ville, et ensuite commençaient les magasins, qui continuaient jusqu'à la rivière La Salle, près de laquelle se dressait, gris et morne, le déprimant bâtiment de l'Agence pour l'emploi. Je traversai La Salle Street et pris le pont, espérant ne rencontrer aucune personne de connaissance. Je devrais passer devant le vieux Mr Peterson, planté devant son magasin comme une gargouille vivante, tout courbé, timbré comme un tombereau de lettres, mais je n'avais pas besoin d'être polie avec lui parce que de toute façon il ne s'en souviendrait pas. Il n'y avait rien à faire, personne ne pouvait l'empêcher de bloquer le trottoir – c'était sa boutique et bien qu'il fût affreux à voir avec son gros nez couvert de boutons, il était inoffensif. Si vous vous asseyiez sur ses genoux, il vous promettait de vous donner tout ce que vous vous vouliez dans son magasin, mais son fils vous faisait toujours payer. Papa trouvait cela hautement comique. « Ça, c'est du commerce », riait-il.

Je continuai de marcher vers l'ouest, saluant Mr Peterson de l'autre trottoir de La Salle Street. Je dépassai les petites boutiques le long du quai – la joaillerie de Mr Polk, où j'achetais parfois des breloques pour mon bracelet ; Fanny Farmer, où je pénétrais parfois, pour m'acheter un Mint Dream, me sentant terriblement coupable de fraterniser avec les concurrents comme un Benedict Arnold* de la pire espèce ; je dépassai le bowling où jouait Donald les samedis d'hiver et, finalement, devant la salle de billard où traînaient tous les vieux les plus dégoûtants et les jeunes délinquants. Maman la jugeait « sordide ». « Cet endroit sordide », disait-

* Traître qui passa dans les rangs des Anglais lors de la guerre d'Indépendance (*N.d.T.*).

elle chaque fois que nous passions devant en voiture, comme s'il s'était agi d'une fumerie d'opium.

Ce n'était pas si épouvantable – j'y étais entrée une fois, quand Cindy m'avait mise au défi de découvrir s'il existait réellement une arrière-salle où ils gardaient les filles destinées à la traite des blanches, mais je n'avais trouvé que deux tables de billard, un distributeur de boissons fraîches et un long comptoir en verre où on vendait des cigarettes et des bonbons.

Il n'y avait pas grand-chose au sud de la ville, juste la librairie et l'Ottawa Theater, qui était plein de chauves-souris. J'y allais pour voir les films d'épouvante, c'étaient les seuls que j'aimais avec les films inspirés de la Bible. Je ne supportais pas les autres, surtout ceux qui traitaient du bonheur familial. Ils me perturbaient tellement que je devais me cacher dans la salle de bains et je jetai même du popcorn sur l'écran pour *The Parent Trap*.

Près du cinéma se trouvait le studio de photographie de Mr Dotson, dont la vitrine attirait tant Cindy, qui regardait les mariées et critiquait leurs robes. « Je porterai celle de ma mère », se vantait-elle, comme si cela pouvait intéresser quelqu'un. « Elle l'a commandée à *Paris* ! »

Je n'avais l'intention d'épouser personne, sauf Rocky Colavito. Quand j'étais toute petite je croyais me marier plus tard avec Donald. « C'est impossible ! » s'était indignée maman. « Tu ne peux pas prendre ton *frère* pour mari ! Vos enfants seront des mongoliens ! » mais cela m'était égal. Je voulais rester toujours avec Donald parce que rien de mal ne m'arrivait lorsque nous étions ensemble.

Je devenais hystérique quand on essayait de nous séparer, lorsque Donald partait en classe ou chez des amis, me laissant toute seule à la maison ; je pleurais, je gémissais et m'accrochais à lui comme une ventouse. Je ne voulais pas d'enfants, de toute manière, alors quelle différence cela ferait-il ?

# *21.*

Je tournais dans Maple Street, où la fabrique de papa occupait tout un pâté de maisons. C'était un grand bâtiment de briques, une ancienne caserne de pompiers, et au-dessus des énormes portes rouges en bois papa avait placé une énorme enseigne avec les mots PITTSFIELD CANDY COMPANY tracés avec des lettres en forme de canne à sucre et, en-dessous « Sweet est mon second prénom », écrits en cursive.

Je fis le tour par-derrière, oncle Herbie se trouvait dans la cour de chargement et transportait des caisses de bonbons dans l'un des camions. Papa avait donné congé à tout le monde pour le défilé, mais oncle Herbie ne se reposait jamais, même le jour de Noël. Il ne faisait rien d'autre que travailler à la fabrique et j'avais pitié de lui. Ce n'était pas vraiment mon oncle, mais un vieux type un peu retardé, papa lui avait fourni un emploi dans la chocolaterie et depuis il était resté. Tous les autres ouvriers se moquaient de lui, lui tendant constamment des pièges, et je pensais que papa aurait dû les en empêcher, mais il répondait : « Ce sont des adultes, Boo, je ne peux les forcer à rien. »

Oncle Herbie me salua de la main, j'entrai et montai les marches escarpées jusqu'au bureau de papa. J'adorais venir ici. Quelquefois je l'accompagnais et il me demandait de tamponner des emballages de bonbons ou de classer des dossiers par ordre alphabétique, il me payait 75 cents de l'heure et me donnait parfois une prime si j'accomplissais ma tâche à la perfection. Je me sentais là tellement en sécurité, mais seulement le week-end, quand Mrs Greer, sa secrétaire, n'était pas là. Elle me détestait. Lorsque papa m'amenait et vantait mon intelligence, elle me lançait un regard foudroyant et répondait : « Trop pour son bien, à mon avis », prête à tendre le bras à travers la pièce comme un automate de carnaval, pour me fracasser le crâne contre le mur. Papa se contentait d'en rire, il la trouvait drôle. « Elle n'a aucune mauvaise intention, Boo », disait-il, m'affirmant qu'elle était « sèche ». Elle le trompait peut-être lui, mais pas moi. Je savais que si l'occasion se présentait, elle me courrait après avec ces crayons aux mines longues et aiguisées qu'elle gardait dans un pot sur son bureau, et bien qu'ils fussent à papa, avec la mention SWEET EST MON SECOND PRÉNOM, rien ne l'eût empêchée de m'en menacer avec une pleine poignée, de me lacérer avec et de me torturer.

Le défilé commençait deux rues plus haut, à l'Optimist Park, j'entendais les orchestres jouer, les klaxons retentir, les enfants excités hurler et je me sentis triste et solitaire. La vie passait juste sous mes fenêtres, et je devais me cacher derrière les rideaux comme une criminelle. « Bof », dit Margaret, « ce n'est qu'un stupide défilé », mais le rabaisser ne servait à rien, j'avais l'impression d'être une paria et peu importait que le monde dont je me trouvais isolée fût borné.

J'entendais les voitures approcher et je tirai le grand fauteuil en cuir de papa jusqu'à la fenêtre. Le maire était en tête, bien sûr, il agitait un drapeau et souriait. C'était si étrange de voir le papa de Karen Harmon dans son rôle de maire. Pour moi, c'était un papa normal qui passait ses week-ends à regarder la télévision et disait « Dans une minute, dans une minute » quand Mrs Harmon lui demandait de faire quelque chose.

Mr Harmon était suivi des supporters de North Bay avec leur char « Tom Edison jeune ». Ils avaient reproduit l'atelier où Edison avait pratiqué ses expériences et l'arrière du char était un gigantesque morceau de carton en forme d'ampoule électrique, recouvert de papier d'aluminium, avec des serpentins jaunes en crépon qui volaient dans le vent comme des éclairs.

Puis venait la fanfare de McKinley, dirigée par Rick Keller. Ils jouaient *My Country, 'Tis of Thee*, à une cadence martiale, c'était si comique que je me levai pour faire le tour du bureau de papa, frappant des cymbales imaginaires et hochant la tête comme une majorette. Je serais capable de le faire, pensai-je, je pourrais être une majorette, puis je me rappelai qui j'étais, et me souvins que même si j'étais choisie, personne ne marcherait dans le même défilé que moi.

Je cessai de faire semblant et revins vers la fenêtre, juste à temps pour voir Cindy et ses squaws sur leur char, Ginger avait un air misérable et éventait Cindy telle une esclave, tandis que celle-ci souriait et saluait la foule comme si elle avait été la reine Elizabeth.

Je décidai de descendre et de regarder encore quelques minutes avant de prendre le raccourci de derrière pour retraverser la ville et arriver au stand de papa avant le maire. Oncle Herbie était encore dehors et chargeait des caisses, il ne semblait entendre ni la musique ni le vacarme de la rue et me fit si pitié que mon cœur faillit se briser.

« Oncle Herbie ! appelai-je. Vous ne voulez pas voir le défilé ?

– Oh non », répondit-il, avec un tel sérieux que je retins un éclat de rire. « J'ai du *travail* !

– Allons, insistai-je, venez juste voir Donald quand il passera », mais il refusa de bouger et je pensai qu'il n'y avait rien de plus triste au monde que d'emballer toute sa vie un tas de caisses de bonbons.

Quand je parvins au premier rang, les majorettes de miss Pocket se trouvaient devant la fabrique, couronnées et couvertes de sequins, avec leur petit ventre rond comme un ballon de plage. Elles étaient si adorables, si heureuses, excitées et émues de faire partie du défilé, que j'eus envie de me précipiter dans la rue pour les prendre dans mes bras et leur donner de gros baisers mouillés. Je les regardai lancer leurs bâtons en l'air, les rattraper et tournoyer comme des feux de Bengale, et je les aimai tant que c'en était insupportable.

Casey Keller me vit et me salua gaiement. « Maggie ! » cria-t-elle. « Regarde-*moi* ! » et elle envoya son bâton dans le ciel, faisant deux pirouettes tandis qu'il redescendait pour le saisir derrière son dos, les yeux brillants de fierté et d'espoir, j'applaudis en riant, et brusquement un événement se produisit. J'eus l'impression qu'une main invisible m'attrapait et me précipitait contre le mur de la fabrique de papa, plongeait en moi pour me retourner comme un gant, tout l'amour et la joie que j'éprouvais pour les petites filles se transforma en haine. Soudain je détestai leur pureté, leur innocence, leur bonheur – j'étais dégoûtée par leur enthousiasme et leur espérance, j'avais envie de les écraser, de les effacer, de presser leurs petits ventres dodus comme un tube de dentifrice et de voir dégouliner leurs entrailles.

Je me pris la tête et j'essayai de chasser les mauvaises pensées, mais je ne voyais que ces bâtons qui tournoyaient dans l'air, je ne le supportais pas, ils me rendaient folle, je voulais ramper à l'intérieur de la fabrique, me glisser dans une cuve de chocolat et mourir. Il m'arrivait une chose horrible et si je ne m'en allais pas je commettrais un acte atroce, terrifiant. « Tu te métamorphoses en Pervers », dit Margaret, caquetant comme une sorcière, et je me frappai la tête avec mes mains pour l'assommer, mais elle continua de ricaner : « Pervers, Pervers, qui d'autre qu'un Pervers penserait de telles choses sur de gentilles petites filles ? »

Je devais m'enfuir, échapper à la voix chargée de reproches de Margaret. Comment était-ce possible ? Comment pouvais-je me transformer en Pervers ? Je n'avais que douze ans.

« C'est juste », observa Cotton Mather. « Sinon, comment en saurais-tu aussi long sur les pervers, si tu n'es pas une perverse toi-même ? » Il avait raison – comment aurais-je pu connaître cette sensation d'être retournée comme un gant, comment aurais-je pu savoir ce qui arrivait quand ils pénétraient dans cet univers de zombis et étaient incapables de se maîtriser ?

Ce ne pouvait être la vérité. C'était impossible. Un événement devait se produire pour faire de quelqu'un un Pervers et il ne m'était rien arrivé. C'était arrivé à quelqu'un d'*autre*, pas à *moi*, pourquoi m'aurait-on voulu du mal ?

Je me mis à courir le plus vite que je pus, descendant les rues de derrière, je dépassai la laiterie de Weber et la station de lavage pour voitures, je contournai le « centre du troisième âge » et entrevis l'église de la Trinité où Cindy chantait le dimanche, avec le chœur, « comme un ange », disait Mrs Tucker.

Je devais être un démon, pensai-je, comment des pensées aussi horribles pouvaient-elles me venir à l'esprit ? Je devais les chasser, m'enfuir loin d'elles. Il valait mieux arrêter le baby-sitting, pensai-je en courant derrière les vieilles boutiques de Canal Street, et j'eus envie de pleurer – j'étais si bonne, j'aimais les enfants et ils me le rendaient, mais je ne pouvais m'autoriser à rester auprès d'eux avec des idées pareilles ! Et si je leur faisais du mal ? Si j'avais brusquement envie de les couper en morceaux et de les jeter dans la décharge comme le bébé de cette femme de Detroit ?

Il fallait que je parte. Je devais me cacher, me tenir à l'écart du bien, par prudence. Je passai derrière la banque où se trouvaient mes économies, et me demandai jusqu'où je pourrais aller avec 250 $. Je trouverais un travail. Je serais ouvrière dans un obscur atelier plein de machines à coudre, mais même cela serait trop bon pour moi – j'avais failli échouer en couture, je n'arrivais jamais à placer la bobine correctement, ils s'en apercevraient, le contremaître viendrait m'arracher à mon tabouret et me jeter dans la rue enneigée sans manteau.

Je pouvais devenir clocharde, sauter dans un train pour la Californie et trouver un emploi à Disneyland. Je m'habillerais en Minnie Mouse, personne ne saurait où j'étais et la nuit je me cacherais dans le château enchanté pour dormir.

Je traversai Second Street Bridge pour éviter le défilé. Je voyais la fanfare du lycée qui avançait sur Main Street Bridge sur l'air de *Yankee Doodle Dandy* et je me bouchai les oreilles. Le monde entier était heureux, plein de lumière et de bonté, j'étais submergée par cette haine hideuse et je ne savais pas quoi *faire*. Je ne voulais haïr personne, surtout pas des petites filles scintillantes, ni les anciens combattants qui avançaient en boitillant dans leur uniforme à l'odeur d'antimite, si fiers et satisfaits d'eux-mêmes, ni les supporters de North Bay avec leurs drôles de chapeaux en forme d'ampoule électrique, ni même Cindy dans son stupide wigwam. Tout était bon, pur et sain et je ne pouvais diriger ma haine que contre moi-même, *j'*étais mauvaise ; *j'*étais méchante ; *j'*étais l'obscurité dans un monde de lumière ; *j'*étais une Perverse ; *je* le méritais, c'était mon tour, j'étais coupable.

Je devais protéger le monde de ma présence, éviter que la Perverse ne se manifeste sans que je puisse l'arrêter, qu'un événement se produise, réveillant son instinct comme l'incident avec Mr Howard, car je serais impuissante à l'arrêter.

Voilà. Telle fut la vérité qui m'apparut au milieu du pont et s'il avait été plus haut, j'aurais sauté. Cela n'avait pas de sens ; il n'atteignait pas même la hauteur du grand plongeoir de la piscine du Golf Club, et le pire qui pourrait m'arriver serait d'avaler une gorgée de l'eau écumeuse du fleuve et d'attraper un sale virus. Ce n'était pas le but, je ne voulais pas être malade, mais *disparaître*.

Je courus jusqu'à la station d'épuration et me cachai dans les buissons, serrant mes genoux contre ma poitrine pour me balancer, comme Ruthie. Je me demandai brusquement s'il était arrivé du mal à ma sœur, si cela expliquait pourquoi elle était si étrange, pourquoi elle empaillait des oiseaux, refusait de sortir de la maison et précipitait son lit contre le mur, à force de s'y bercer. Et si *j'avais* été responsable de son état, si, sans le savoir, j'avais déjà été une Perverse, si, sans me souvenir de rien, j'avais fait des ravages dans tout North Bay, blessant les petites filles et même ma propre sœur, à qui je faisais des choses horribles ! C'était une emmerdeuse mais jamais je ne la toucherais, toute excentrique qu'elle fût.

Maman disait toujours que Ruthie était devenue

farfelue par ma faute, et peut-être avait-elle raison. « C'est entièrement de ta faute, entièrement de ta faute », chantonna Margaret, je ne supportais plus de penser à cela ; c'était trop pour moi, je me mis à pleurer, impuissante, ne sachant plus que faire. « Je ne veux pas être une perverse », sanglotai-je, « je ne veux faire de mal à personne, je refuse que ce soit mon destin ».

« Au secours, au secours, au secours », m'entendis-je crier tout en me balançant. Tout d'un coup je m'immobilisai. *Au secours* ? Qui était-ce ? D'où venait ce cri ? « Au secours ! » cria une toute petite voix et je la chassai de mon esprit. *Ce n'était pas moi. Ce n'était pas une partie de moi*, pensai-je. Je n'ai besoin de l'aide de personne. Jamais – J-A-M-A-I-S – je n'appellerais à l'aide. « Au secours », dit encore la voix et les yeux de Peggy apparurent, deux cercles d'un bleu lumineux qui grandissaient de plus en plus. « Qu'est-ce que vous voulez ? » criai-je. « Allez-vous-en ! » mais ils restèrent là, au-dessus des buissons, je me demandais à qui ils appartenaient, si j'avais franchi la ligne invisible entre le monde réel et Twilight Zone*, si Rod Serling allait surgir d'une seconde à l'autre pour m'emmener à l'asile de fous. Je me cachai les yeux avec mes mains et priai pour que Peggy s'en allât, et retournât là d'où elle était venue, très loin de moi. Mais quand je glissai un regard entre mes doigts je vis non seulement ses yeux, mais sa personne tout entière. Je fus si surprise que je baissai les mains pour mieux voir – Peggy n'était pas une petite fille, seulement un

* Série télévisée de science-fiction, dont le présentateur était Rod Serling (*N.d.T.*).

bébé. Un minuscule bébé tout nu qui agitait désespérément ses bras potelés dans l'air comme si elle essayait de repousser quelque chose. Soudain j'eus l'impression de regarder un film et je la découvris sur un divan en tweed marron, exactement comme celui de la véranda que je détestais tant. Elle pleurait et donnait des coups de pied, ses yeux s'écarquillaient, fixant un objet qui approchait d'elle. Elle faisait des bruits, comme si elle voulait de l'aide, et tout d'un coup je vis ce qu'elle voyait : une aiguille à tricoter bleue et brillante, dirigée entre ses jambes, je me mis à hurler, je bondis comme une fusée et courus vers la maison. « Je ne connais aucune Peggy ! » criai-je en dévalant la rue. « Cette gosse n'est pas *moi* ! C'est celle de quelqu'un d'autre, elle ne fait pas partie de *moi* ! »

« Tu inventes, tu inventes, tu inventes », cria Cotton Mather. « Rien de tout cela n'est arrivé. » Je courais vers la maison, me disant que mes parents seraient fâchés de ne pas me voir sur le stand, je n'y pouvais rien, papa se sentirait blessé et maman aurait de la peine, j'étais désolée, mais je devais partir. C'était mieux pour tout le monde. Il y avait en moi quelque chose d'anormal, d'horrible. Les gentilles filles n'avaient pas des visions de bébés transpercés par des aiguilles à tricoter bleues ; elles n'avaient pas un groupe de personnalités excentriques enfermées dans les tiroirs d'une commode secrète ; les filles innocentes ne faisaient pas pipi dans leur culotte chaque fois qu'elles rentraient de l'école. Grand-mère avait raison, j'étais née mauvaise et je devais m'enfuir. J'irais à la maison pour prendre mon maillot de bain et mon canoë, je ramerais jusqu'au Canada et partirais dans la toundra, où le monde serait à l'abri de moi. Si j'arrivais de l'autre côté du lac, très bien ; si je n'y parvenais pas, c'était sans importance. Morte ou exclue, quelle différence ? L'essentiel était de m'assurer que le pervers qui m'habitait ne prenait pas le dessus.

Je traversai la ville comme folle, tête baissée, franchis le parc au pas de course, je longeai les voies ferrées, dépassai la cimenterie, prenant d'instinct le chemin de la maison. Je devais rentrer, je devais m'en aller.

Quand j'arrivai, toutes les portes étaient verrouillées, même celle de Donald, et Goober faisait le tour des fenêtres en aboyant, je n'arrivais pas à rentrer et il le fallait absolument, il le fallait, j'étais en train de changer de personnalité et je devais m'enfermer avant de sombrer dans la démence. « Dieu ! » pensai-je en voyant la chienne sauter sur le canapé en remuant la queue. Et si je *lui* faisais du mal ? Peut-être vaudrait-il mieux rester dehors ! Je compris alors que même si j'essayais, elle me mordrait, et tout rentrerait dans l'ordre. Les chiens étaient mieux équipés que les petites filles pour se protéger.

Je tapai furieusement sur la moustiquaire d'une fenêtre qui finit par céder, je rampai à l'intérieur et tombai sur le canapé, quand se produisit un événement des plus étranges. Je me redressai sur les mains et les genoux et me balançai à la manière de Ruthie, avec une telle violence et de tels sanglots que Goober se mit à hurler à la mort, mais je ne pouvais plus m'arrêter. Mon mouvement devenait de plus en plus fort, comme si j'avais voulu que le canapé enfonce le mur et se retrouve dans la cour de derrière. « N'y pense pas, n'y pense pas », répétais-je tout en me balançant, mais je me levai dans une sorte de transe, j'allai prendre le tricot de maman à sa place, j'attrapai toutes les aiguilles et je les plantai dans le divan le plus profondément possible, déchirant de longues bandes du tissu en tweed, comme des morceaux de chair, j'arrachai les touffes de crin sans cesser de pleurer et de crier « JE TE DÉTESTE ! »

# 22.

Après, je ne me souviens plus de rien. Quand je repris conscience, j'étais sur mon lit, le Dr Keller se dressait au-dessus de moi avec une seringue, prêt à me faire une piqûre.

« Oh non, non ! » hurlai-je, je devins si hystérique qu'il la rangea et me donna des cachets.

« Tout ira bien », dit-il, mais quelle blague.

Il sortit de ma chambre et ferma la porte, je l'entendis descendre avec maman. Je rampai hors de mon lit et vis les touffes de crin du canapé éparpillées sur le plancher, Goober courait partout en les reniflant comme si elle m'y cherchait.

Bientôt ils sortirent tous. Le Dr Keller, maman, papa et grand-mère, ils chuchotaient comme si quelqu'un était mort, pour ne pas troubler le fantôme. La porte se referma et les hauts talons de maman cliquetèrent sur le sol. Je la regardai se pencher pour ramasser du crin, son dos tremblait et je m'en voulus d'être la cause de ses larmes.

« Je suis désolé, Marion », disait papa. « Peut-être avais-tu raison. Sans doute *devrons*-nous l'envoyer en pension.

– Dans un centre de *délinquants*, j'espère », triompha grand-mère. « Vous n'allez pas la laisser en liberté dans une école *convenable*, n'est-ce pas ?

– Oh, Kay, allez au diable », dit papa et je faillis applaudir. Grand-mère bafouilla, puis sortit lourdement de la véranda et maman s'écria : « Oh, Robert, c'est si effrayant. Qu'est-ce qui lui a *pris* ? »

Il dit qu'il n'en savait rien. Il s'agissait peut-être d'une réaction à retardement à l'incident avec Mr Howard. Peut-être cela avait-il été plus grave qu'ils ne l'avaient tous cru.

« Robert, les gens vont penser qu'elle n'est *pas* normale ! » cria maman.

« Elle l'est tout à fait ! » répliqua-t-il, mais même moi, je savais qu'il se trompait. Personne ne voulait l'admettre parce que dans ce cas ce serait la faute de quelqu'un, et il ne fallait surtout pas y penser.

Papa affirma que tout s'arrangerait, il m'enlèverait immédiatement de McKinley et commencerait à chercher une école pour moi. Mon cœur bondit de joie – au moins, je n'aurais pas à terminer ce stupide devoir sur les héros.

« Ce n'est pas la fin du monde », ajouta-t-il, expliquant à maman que je pourrais rentrer à la maison pour les vacances. Il se pencha pour l'aider à ramasser les touffes de crin et elle recommença à pleurer. « Que Dieu me pardonne ! » gémit-elle, papa la prit dans ses bras pour la consoler et dit : « Allons, allons, Marion, ne t'inquiète pas. » Je ne savais pas pourquoi elle demandait pardon à Dieu – c'était *moi* qui dans ma rage, avais déchiqueté le canapé, il eût été plus logique de supplier Dieu de *me* pardonner ma mauvaise action.

« Oh Robert, Robert, c'est de ma faute », répétait-elle et il répondit : « Ne sois pas idiote. » Je pense qu'elle voulait en parler mais il n'écoutait pas. « Le passé est passé », disait-il toujours. « Ne réveillez pas le chat qui dort.

– Oh, Robert ! » cria-t-elle, et il resta là, sans lui poser de questions, sans se demander de quoi elle parlait, laissant dormir les chats. « Le temps guérit les douleurs », dit-il tristement en tapotant le dos de maman. « Le temps guérit les douleurs. »

C'était faux. Le temps créait simplement l'espace. Il éloignait la blessure mais elle était toujours présente, aussi profonde qu'hier, il suffisait d'un détail, d'une piqûre d'épingle sur une vieille cicatrice, pour que la douleur revienne, plus forte encore.

Je m'en voulais terriblement de les rendre aussi malheureux. Peut-être avaient-ils raison de m'envoyer au loin ; ils seraient sûrement plus heureux si je n'étais plus là pour réveiller les vieux démons. Je me sentais très lasse, je rampai hors des combles et retournai dans mon lit, tirant les couvertures sur mon visage, avec juste une petite fente pour voir le cerisier que papa avait planté le lendemain de ma naissance. « Pour que vous grandissiez ensemble », disait-il, et je me demandai s'il y aurait des arbres et un lac là où ils m'enverraient.

Je ne voulais pas m'en aller, mais je ne pouvais rien y changer et je savais que cela arriverait tôt ou tard. La solution choisie n'était pas la pire. Ils auraient pu décider de m'envoyer à Lapeer, de m'enfermer avec les cinglés dans une salle sinistre sans fenêtres, et de m'oublier une bonne fois. On me gaverait de médicaments, on pratiquerait sur moi une lobotomie, puis j'aurais l'autorisation de sortir, de rentrer chez moi, puisque toutes les parties de mon cerveau qui me rendaient humaine auraient disparu. Je serais un être placide et terne, mais inoffensif. Je serais la fille aimante que mes parents avaient toujours désiré avoir, j'épouserais un pharmacien, un homme qui avait besoin d'une femme brisée, qui ne se rebellerait pas et n'aurait pas d'exigences raisonnables ou non, je mettrais ses enfants au monde – je serais incapable de m'en occuper, car comment rencontrer leur âme si je n'en avais plus moi-même ? Ils effaceraient ma mémoire et ce serait bien, parce que je serais privée de toutes mes parties, et mal, parce que je serais un zombi. Ce serait tout. La fin de mon histoire : une maîtresse de maison lobotomisée, qui pousserait son chariot chez Kroger's, s'arrêtant devant le rayon des céréales et se demandant si son fils préférait les Cheerios ou les Lucky Charms.

Comparée à Lapeer, la pension ne me paraissait pas trop terrible. Si je partais, j'aurais peut-être moins de problèmes. Rien ne me rappellerait mon passé et tant que personne ne me toucherait, je n'aurais rien à craindre, tant qu'aucun de mes professeurs ne s'approcherait avec une baguette, je tiendrais le coup. Peut-être pourrais-je recommencer de zéro, selon mon propre désir, mais sans avoir besoin de me tuer pour cela. J'aurais de nouveau des amis, je jouerais des sketches au concours amateur et je me présenterais même comme présidente de classe – Pittsfield présidente ! Pourquoi pas ? Pourquoi pas ?

Je me sentis un peu plus confiante en sombrant dans le sommeil. Ce ne serait peut-être pas une si mauvaise chose, pensai-je, je m'en irais, je serais seule et personne ne me poursuivrait en me disant à quel point j'étais mauvaise. Personne ne saurait mon secret. Je l'enfermerais dans ma commode et je le laisserais là, sous les combles, puis je partirais et je serais moi-même, Maggie. Plus de Cotton Mather, plus de Margaret, plus de Sarah, plus de Trixie, plus de Katrina, plus de Peggy aux yeux épouvantés, seulement *moi*, Maggie. Maggie « Sweet est mon second prénom » Pittsfield. Je *serais* douce, bonne, généreuse, aimante, et même polie.

Je regardai le cerisier et pensai à George Washington qui n'avait jamais prononcé un seul mensonge.

« Eh bien, *peut-être* que je serai polie », dis-je, et je tirai les couvertures sur ma tête.

*Ce volume a été composé*
*par Aisne Compo à Saint-Quentin,*
*reproduit et achevé d'imprimer*
*sur Roto-Page en août 1992*
*par l'Imprimerie Floch à Mayenne*

DÉPÔT LÉGAL : septembre 1992 - N° ÉDITION : 3701 - N° IMPRIMEUR : 32805.

*Imprimé en France*